監査役　野崎修平

横幕智裕
周　良貨／能田　茂 原作

集英社文庫

監査役　野崎修平

プロローグ

一九九八年、東京――。

「おはようございます」

巣鴨の商店街に声が響く。

あおぞら銀行巣鴨支店の支店長・野崎《のざき》修平《しゆうへい》は、いつものように商店街を歩いていた。

「支店長さん、今日も元気だね」

豆腐屋の店主が野崎に声をかける。

「どうも。女将《おかみ》さんの風邪治った？」

野崎は止まって世間話を始めた。

「すっかりよくなってさ、もう配達行ってるよ。いつまでも寝てられないからな、ウチらみたいな小さいトコは。銀行さんと違って公的資金なんて入れてもらえねえし」

「手厳しいですね」

野崎は思わず頭を掻《か》いた。

一九九〇年、『土地関連融資の総量規制』が行われたのを契機に、土地取引は縮小、地価下落と共に景気も急速に冷え込み始めた。

バブル経済の崩壊――。

株価や地価の下落に歯止めがかからず、日本経済はデフレが進行、金融機関は多額の不良債権を抱えることとなった。

不良債権とは「回収不能、または困難になった貸付金」のこと。金を貸したものの、その相手が破綻、あるいは事実上破綻状態にあり、回収できなくなってしまったものをいう。バブルの時、銀行は不動産などを担保に過剰なまでの融資を行ってきた。しかし、バブルの崩壊で株価や地価が下落し、貸付金が回収できなくなってしまったのだ。

ダメージを受けた銀行は、今度は「貸し渋り」に奔走した。突然梯子《はしご》を外された形になった多くの企業は、たちまち経営が立ち行かなくなり、日本経済はますます混迷の度合いを深めていった。

一九九七年、「三洋証券《さんようしようけん》」「北海道拓殖銀行《ほつかいどうたくしよくぎんこう》」「山一證券《やまいちしようけん》」が相次いで経営破綻。大手金融機関の破綻・廃業に、日本経済界は激しく動揺した。政府はこれ以上の銀行の破綻を防ぐため、公的資金の投入を決定した。

一般の企業は銀行からお金を借りて経営を行う。銀行が破綻してしまうと、金を貸してくれるところがなくなり多くの企業がダメージを受けてしまい、経済にとんでもなく大きな悪影響を与えることになるからというのが大きな理由だった。

公的資金とは、国民が納めている税金である。経営に失敗した銀行を、なぜ税金で助けなければならないのか？　と多くの国民は疑問を持った。一般の企業なら、まずは自分の会社の現金化できる資産は売ってしまって何とかやり繰りをしようとするが、銀行はそうした努力もせず公的資金が投入されたことに、怒りを覚えた国民も多かった。

一九九八年三月から二〇〇三年六月までに、十五にも上る大手銀行に、総額十二兆三千八百九億円の公的資金が注入されることになる。

税金で助けてもらいながら自浄努力をしない――。

国民の銀行を見る目は厳しくなっていた。

「支店長はよくやってくれているし信頼しているけどさ、俺、銀行には腹が立ってんだよね」

豆腐屋の店主は言った。

野崎は当然だと思っていた。

支店を預かっていると、多くの小さな取引先との繋《つな》がりが生まれる。誰もが懸命に仕事をし、懸命に生きていた。本店の命令でいわゆる「貸し剥がし」を行わねばならず、呪詛《じゅそ》の言葉をぶつけられたことも一度や二度ではない。

「銀行は晴れの日にムリヤリ傘を貸し、雨が降ったら取り上げる」

誰かが言ったこの言葉が、支店勤務の野崎は痛いほど身に染みていた。

「今、銀行の信用は地に落ちている。今、何とかしなければ、銀行は二度と国民の信頼を回復することはできないかもしれない」

野崎は痛いほどそう感じていた。

支店に戻ると、副支店長の木佐《きさ》が野崎のもとに駆け寄ってきた。

「阿部《あべ》部長が来ています」

木佐は野崎に耳打ちするように声を潜めて言った。聞かれてまずいことでもないのに耳打ちする必要はないだろう、と野崎は思ったが口には出さずに自席に向かった。

あおぞら銀行支店統括第四部長の阿部龍平《りゆうへい》は、新宿区、文京区、豊島区、北区、練馬区の各支店を統括している。年に一度、本店で行われる支店長会議の時に顔を合わせる程度で、部長自ら支店に来るなど初めてのことだった。野崎はそこはかとなく嫌な予感を抱いた。

「やあ、野崎さん」

阿部は野崎に言った。

「久しぶりです、部長」

「ちょっと出ましょうか」

きっと支店内では話しにくいことなのだろう。野崎はますます嫌な予感を覚えた。

近くの古い喫茶店の隅で、野崎は阿部と向かい合った。

「お元気そうですね」

阿部の言葉に野崎は頷く。

「支店は私の性格に合っているようです」

「あなたらしい」

阿部は頰を上げて笑顔を作ったが、その目は笑っていない。

野崎と阿部は知らない仲ではなかった。最近こそほとんど連絡はなかったが、以前は毎日顔を合わせていた。阿部は野崎の元部下で、今は上司という関係だった。同じ部だった時は一緒にいくつもの仕事をし、阿部が結婚した時には二次会のパーティーを仕切ったのが野崎だった。

「今日は悪い知らせを持ってきました」

阿部はコーヒーを飲んで言った。もったいぶった言い回しは昔と変わっていない。

「野崎さんの支店ね、閉鎖されます」

阿部は表情も変えずに言った。

「えっ？　閉鎖……」

「私も動いたんですがね。上からの圧力には勝てませんでした。このご時世、銀行に対する世間の目は冷たいですからね。少しでも無駄は削減していかないと。ま、これも時代の流れです」

無駄なら他にたくさんあるじゃないかと言いたい気持ちを、野崎はコーヒーと一緒に飲み込んだ。

「人事からは何も？」

「ええ」

「ダメですよ。もう少し情報のパイプを作っておかないと。野崎さんくらいの歳《とし》になると、もうポストも少ないですからね。私から人事に言っておきましょうか？」

「俺のことはいいよ」と野崎は言った。「でも、支店の部下たちは、同待遇でできるだけ近くの支店に異動させてやってくれないか」

「わかりました。人事にはそう伝えます。……まあ、そういうことなんで、心づもりだけはしておいて下さい」

それだけ言うと、阿部は伝票を持って席を立った。

「ここは俺が」

野崎は言ったが、阿部は「いいですよ。今は私の方が高給取りなんだから」と言ってレジへ向かった。


業務を終えた野崎は帰宅の途についた。

電車の窓からいつもの風景を眺めながらこれからのことを考える。支店がなくなると自分はどうなるのか。銀行にこのまま残ることはできるのか。取引先はどうなるのか。不安ばかりがこみ上げた。これまで二十五年、野崎はあおぞら銀行一筋だった。色々なことがあったが、自分なりに精一杯やってきたという自負があった。

あおぞら銀行に入ったのは父の影響が大きかった。野崎の父もあおぞらマンだった。北海道の支店で、あおぞらマンとしての誇りを持って働いていた。

「銀行が日本の成長を支えているんだ」

父はよくそう言っていた。野崎はそんな父の背中に憧れて育った。

その父も、野崎が大学二年生の時に胃がんで亡くなった。父に憧れていた野崎があおぞら銀行に入行したのは自然な成り行きだった。

それから二十五年。今、あおぞら銀行は自分が憧れたものとは程遠い状況に置かれている。

支店が閉鎖されたら自分もこのまま去ることになるのかもしれない——。野崎の胸にそんな思いが去来した。

帰宅した野崎が遅い夕食を摂《と》っていると、妻の彩子《あやこ》が「何かあったの?」と言った。

「わかるか?」

「わかりますよ。何年一緒にいると思ってるんですか」

「支店が閉鎖になるんだ。支店の統廃合は最近ではよくあることだ。俺は歳からいっても銀行に残るのは難しいかもしれない。出向だろうな」

「そうですか」

彩子はダイニングテーブルの正面に座ってお茶を淹《い》れた。

「嫌だったら辞めてもいいんですよ。家のローンも終わったし、私も翻訳の仕事に誘われてますし。退職金をもらって少し休んでから新しい仕事を考えてもいいんじゃないですか？」

「枝理花《えりか》は高校生だ。これからお金もかかる」

「何とかなりますよ」

彩子の笑顔を見ていると、野崎は気持ちが軽くなった。

「ありがとう。でも、あおぞら銀行は自分で選んだ会社だ。銀行から、もういらないと言われるまでは銀行で働きたい」

野崎は微笑んだ。


翌日、野崎はいつものように取引先を回った。

街中で取引先の人たちに声をかけられると、店舗閉鎖のことが頭に浮かび胸が痛んだ。取引先がどうなるのか心配になる。

取引先の一つ、丸山工作所《まるやまこうさくしょ》へ立ち寄った。

「あんたも変わってるよなあ。今までの支店長は外回りなんてしなかったぜ」

丸山は笑顔で出迎えた。

「事務所に座っているのは性に合わないから」と野崎は笑った。「景気はどう？」

「悪いね。バブルっていうのか？　あれが弾《はじ》けてからさっぱりだよ」

丸山はポケットからくしゃくしゃのタバコを取り出して火をつけた。

「誰もが飛びつく安易な儲《もう》け仕事より、どこも手を出さない仕事でがんばって利益を上げたいと思ったが、それには最新設備が必要でね。……資金がいるんだが、今はどこも貸してくれない」

「工場、大丈夫ですか？」

「正直、危ないかもしれないな」

野崎は工場の中を見た。いつもながら掃除の行き届いた工場内に、手入れの行き届いた設備。野崎は改めて丸山の仕事への真摯な取り組みに感心した。

「状況は苦しい。工場の閉鎖も考えてみたが、これは俺が作ってきた道だ。最後までやれる所までやってみてえんだ」

「はい」

突然、丸山は土下座をした。

「丸山さん……」

「支店長、最後のお願いだ。俺に資金を融資してくれないか？」

「丸山さん、頭を上げて下さい」

「あんたには絶対に迷惑をかけない」

丸山はますます頭を下げた。

野崎はそっと手を差し出した。

「丸山工作所に、一千万の追加融資をする」

支店に戻った野崎が言うと、副支店長の木佐が驚いた声を上げた。

「支店長、正気ですか？　丸山工作所は業績が悪化しています。もう担保もありませんよ」

「無担保で、支店長権限で決裁する」

「し、支店長権限って……」と木佐が上ずった声で言った。

「丸山さんとは長い付き合いだ。危ない時に助けてやる銀行があってもいいんじゃないかな」

「私は反対です！　判は押せません！」

「わかりました。私の決裁印だけ押すことにします」

木佐は心底ホッとした顔をした。

そして事件は一週間後に起きた。

木佐が血相を変えて野崎のもとに走ってくる。

「大変だ！　丸山工作所が不渡りを出した！　倒産するぞ！」

その声に周囲の行員たちの顔色が変わる。

野崎は厳しい顔でその声を聞いていた。

木佐は大声で行員に指示を出す。

「すぐに丸山さんに電話を入れろ！　口座を至急閉めろ！　一切の出金を止めろ！」

支店内が一気に慌ただしくなる。

木佐が野崎のもとに走ってきて言った。

「支店長！　丸山工作所が不渡り一号を出しました！　次の不渡りで倒産です！」

「聞こえてます。……残念です」

「残念って……。どうするんですか!?　支店が閉鎖される間際に倒産しそうな会社に融資したなんて、特別背任を疑われますよ！」

木佐の大声は支店内に響いた。まだ支店の閉鎖を知らされていなかった行員たちが驚きの顔色で野崎を見る。行内に動揺が走るのがハッキリとわかった。

「閉鎖って……、そうなんですか!?」

「支店長、ここ、なくなるんですか？」

行員たちが口々に訊《き》く。

「みなさん、落ち着いて下さい」

野崎は立ち上がって行員たちを制した。

「小泉《こいずみ》君、すぐに丸山工作所へ行って下さい。仁科《にしな》さんは丸山工作所の全預貸金残高を取って下さい。社長個人と奥さんの預金もお願いします。木佐副支店長は融資部と支店統括第四部に連絡を取って下さい。原口《はらぐち》さん、丸山工作所に発行した手形と小切手帳の残高を調べて下さい」

野崎の指示を受け、行員たちがテキパキと動き出す。

その時、窓口の女性行員が野崎の元へ走ってきた。

「支店長！　面会の方が……」

野崎が視線を移すと、やつれた顔の丸山と妻が立っていた。

夜、野崎は支店に一人残って丸山工作所の残務処理をしていた。人の気配を感じて振り向くと、支店統括第四部長の阿部が立っていた。

「なかなか見事な処理のしかたですな」

「相変わらず情報が早いね」

野崎は手を休め、椅子の背に凭《もた》れかかった。

「本部では情報が命です。いち早く情報を握り、的確に行動した者のみが生き残れる」

「その能力をお取引先や支店運営のために使ってほしいものだね」

「皮肉ですか」

「いや、支店の最前線で働く者としての切実たる思いだよ」

阿部が鼻で笑った。表の通りを走る車の音が静かな支店内に響いた。

「どうして丸山工作所に融資したんです？」

「あそこはいい会社なんだ。社長は仕事一筋だし、ウチも積み立てや定期でずいぶんお世話になった。実直で融通はきかないが、筋はキッチリ通してくれる。そんな会社が危なくなったからといって、手の平を返すわけにもいかないだろう。……他の金融機関が回収に転じたために倒産。結局、うちの融資では救えなかったが」

「情実融資ってやつですか」

「そう思われても仕方ない」

「経営の危機に瀕《ひん》した会社に支店長決裁で無担保一千万融資。しかも会社は一週間後に倒産……。今回、貸した金は戻ってきた。しかし、それはたまたま還《かえ》ってきたにすぎない。あなたは危ない橋を渡った」

野崎は答えずに阿部を見た。二人の視線がぶつかり合う。

「あなたは特別背任に問われても仕方のないことをした。銀行員、失格だ」

「そうかもしれないな」と野崎はフッと笑顔を浮かべた。「しかし、私はそんな銀行員でありたいと願っている。銀行はもっと『人』を信用してもいいと思うんだ」

「甘いですよ、野崎さん。もっとご自分の心配をされた方がいいですよ」

阿部は踵《きびす》を返し帰ろうとした。その背中に野崎が言った。

「一つだけね、切り札があったんですよ」

阿部が立ち止まり振り向く。

「丸山さんの娘さん、あおぞら銀行小松川《こまつがわ》支店の行員なんだ」

「え？」

「支店長会議で会った時、小松川の支店長に彼女が結婚することを教えてもらってね。丸山さんが結婚資金を貯《た》めると言って、新規に口座を作ってくれたと話してくれた」

「じゃ、娘の結婚のための資金を準備していたことも？」

「それが親心でしょう」

「もしもの時はそれで返済するだろうことも？」

「社長はそういう人です」

阿部はさもおかしそうに薄ら笑いを浮かべた。

「あなたは私より悪人かもしれない」

「正直、悪人だったらもっと楽だろうと思うことはありますね」

野崎は自嘲気味に言った。


人事異動の内示が出る日がきた。それで支店閉鎖が正式に通達されるはずだった。

野崎はいつものように日常業務をしていた。

副支店長の木佐はソワソワとＦＡＸの前を行ったり来たりしている。

ＦＡＸが紙を吐き出した。木佐がいち早くその紙を見る。そして驚きの顔で野崎の許《もと》へ走ってきた。

「支店長！　人事異動のＦＡＸ！　大変です！」

「慌てなくても大丈夫です。みんなは同じ待遇のまま近くの支店に異動できるように頼んでありますから。……みなさん、ご苦労様でした」

「違いますよ！　支店長ですよ！」

「え？」

野崎は木佐の差し出したＦＡＸを見た。

野崎修平　巣鴨支店長の任を解き、監査役を命ずる

「監査役!?　俺が!?」

野崎は思わず声を上げた。

商法二七四条　①監査役ハ取締役ノ職務ノ執行ヲ監査ス。
②監査役ハ何時ニテモ取締役及支配人其ノ他ノ使用人ニ対シ営業ノ報告ヲ求メ又ハ会社ノ業務及財産ノ状況ヲ調査スルコトヲ得。

第一章　バブルの残渣《ざんさ》

1

「行ってきまーす！」

娘の枝理花が玄関を駆け出していくのを、野崎は靴を履きながら見送った。

「車に気をつけろよ」

高校二年生の娘を捕まえて「車に気をつけろ」もないものだと野崎は苦笑するが、ずっと言い続けていることなので、ついそう言ってしまう。制服の少し短めのスカートに危うさを感じるが、ファッションに口を出すと嫌われるのではないかと思って努めて言わないようにしていた。

「じゃ行ってくるよ」

野崎は家の中に向かって声をかけた。

彩子が「はい」とゴミ袋を渡す。ごみ収集日の朝、ゴミ出しをするのは野崎の役割だ。

玄関を出ると、見知らぬ黒塗りの高級車が玄関先に停《と》まっていた。車の横に立って野崎を待っていたらしい人物が頭を下げた。

「おはようございます。私、あおぞら銀行本店から参りました石橋《いしばし》と申します。野崎監査役の担当運転手となりました。よろしくお願い申し上げます」

「え？　運転手？」

野崎は役員には専用社用車が与えられることを思い出した。

「私はいいですよ。電車で通いますから」

「え？　あの……」と戸惑った表情を浮かべる石橋。

「銀行も経営不振で苦しんでいるんだし、少しでも経費を節減した方がいい」

「それは困ります！　監査役に車をいらないと言われると、私は配置転換かリストラです。私たち庶務行員は一般行員以上にリストラにあって苦しんでいます。ぜひ使って下さい！　お願いします！」

「わ、わかった。すまなかった。そんなつもりじゃなかったんだ」

野崎は慌てて否定した。

「これからよろしくお願いします」と石橋はペコリと頭を下げた。

「先にゴミ出ししなきゃならないから、ちょっと待ってて」

野崎はゴミ袋を抱えて小走りにゴミ捨て場に向かった。

丸の内にある「あおぞら銀行本店」。

その十八階が役員専用フロアだった。役員専用エレベーターでしか昇ることができず、廊下には赤いじゅうたんが敷き詰められている。同じフロアには役員専用の社食とフィットネスクラブも完備されていた。

「これが本店役員階の赤じゅうたんか……」

野崎は初めてその上を歩いた。一歩ごとに足が沈むのがわかるほどふかふかだ。

廊下を歩く野崎を見て、行員たちがみな頭を下げる。

「確かに悪くない気分だな」

そう野崎は思った。


監査役室は、役員階の一番奥にあった。

野崎は恐る恐る中を覗《のぞ》く。

若い女性が一人、手前の机でコンビニのおにぎりを食べていた。

「あの……」

「はい」と女性はのんびりと言った。「すみませーん。監査役はまだ出勤しておりませんので」

「私、新しく監査役になった野崎修平です」

「えっ！」

女性は慌てておにぎりを飲み込んだ。

「失礼しました！」

「入ってもいいですか」

「どうぞお入り下さい！」

女性は立ち上がり頭を下げた。立ち上がった拍子に椅子が後ろに倒れる。野崎は思わず笑ってしまった。

「普段この時間は誰もお見えにならないので、油断していました」

女性は椅子を直しながら言った。

「この度は監査役就任、おめでとうございます！　監査役室秘書の吉野美保《よしのみほ》です！」

「改めまして野崎です」

「こちらが野崎監査役の机になります」

美保は野崎を新しい机に案内した。

机の上には、『監査役　野崎修平』というピカピカの卓上名札があった。本当に自分が監査役になるのだ、という実感がわいた。

「他の監査役の方は九時出社かな？」

野崎は座って時計を見た。八時三十分になったところだった。

「常勤監査役は他に、楠木《くすのき》監査役と平賀《ひらが》監査役の二人がおられますが、出勤時間は決まっていません」

「監査役というのは暇みたいですね」

野崎は思わず笑ってしまった。

美保が野崎にカードを差し出す。

「こちらが役員用の行員証となります。役員フロアや役員専用施設の鍵にもなっています。経費用のクレジット機能もついていて、限度額は月百万円になります」

「そんな機能もついているんですね」

野崎はカードを受け取った。

監査役の主な仕事は、取締役の「業務監査」と「会計監査」を行い、職務執行に違法性がないかをチェックすることだ。結果を監査報告書にまとめ、株主総会の時に提出する義務がある。監査役にはさまざまな権限が与えられ、自分から取締役に業務の報告請求や調査権を行使することさえ認められている。

しかしそれは建前だ。あおぞら銀行では、監査役制度が形骸化しているのが現状だった。役員とはいっても、監査役は出世コースから外れた者たちの名誉職のようなもので、それから先の望めない「あがり」のポジションだった。だから日頃はゆっくり出勤し、定時には帰る。特にやることのない日は将棋や囲碁で時間を潰す。総会前に、総務が作った監査報告書に判を押すだけという、馴《な》れ合《あ》いの中で行われる仕事だった。

要するに、他の二人の監査役はやる気が全くないのだ。

野崎は椅子に深く腰掛けて思った。

「どうして俺が監査役に指名されたんだろう」

野崎には、ますますわからなくなっていた。

初日は特にやることはなかった。

昼頃に出勤してきた楠木と平賀という二人の監査役は、ずっと将棋を指していた。二人とも、若い野崎に対する警戒感を持っているように見えた。

野崎は一日、これまでの監査資料を読んで過ごした。十七時を過ぎる頃、美保が野崎に言った。

「野崎監査役、今日は十八時から小石川《こいしかわ》寮で役員懇親会が開催されます」

「懇親会？」

「新役員の就任を祝ってということです。頭取《とうどり》以下、全役員が出席なさいます」

「そんなものがあるのか……。じゃ、石橋さんはもう帰ってもらって下さい。電車で行きますから」

「あの……、小石川寮は最寄駅から十五分ほど歩きますが……」

美保が心配そうに言った。

「健康に良さそうですね」と野崎は笑った。

「はい」と美保もつられて笑顔になった。

その時、「輪を乱してもらっては困る」という声がした。将棋を指していた監査役の一人、楠木だった。

「みんな車で行くんだから、一人、電車というわけにはいかんだろう」

楠木は将棋盤に視線を向けながら言った。

「やっぱり私も車で行くことにします」

野崎は苦笑いを浮かべ、美保に言った。

「あの……、失礼なことを訊いてよろしいでしょうか」と美保は言った。

「どうぞ」

「私、自分が仕える人は尊敬できる人であってほしいと思っています。野崎監査役に関して、行員の間である噂《うわさ》が広まっていまして……」

「不正融資の件ですね。知りたいなら答えましょう」

将棋の駒を盤に置く乾いた音が止《や》んだ。楠木も平賀も野崎の言葉を聞いているのがわかった。

「暴力団関係の会社に融資をしたのは事実です。そしてその責任を取る形で系列のファイナンス会社に出向しました」

「本当ですか?」

「本当です」

小石川寮は、あおぞら銀行が大蔵省の接待や経済界の重鎮たちと打ち合わせなどをするために作られた料亭だ。都心の閑静な住宅街の中に建つ豪華な数寄屋造りの日本家屋で、あおぞら銀行の役員しか使用することはできない。

役員懇親会は、この小石川寮の大広間で行われる。駐車場に続々と黒塗りの高級車がやってくる。役員がそれぞれの社用車で乗り付けているのだ。

野崎は車を降りた。玄関へ向かおうとすると、「野崎さん」と声をかけられた。視線を向けると阿部が立っていた。

「私も取締役昇進が決まりました。最年少役員です。とりあえずは企画担当の見習いってとこでしょうが、ま、役員同士、仲良くやりましょう」

阿部が右手を差し出す。野崎は「おめでとう」と言い握手に応じた。阿部は「じゃ」と言い、中へ入っていった。

大広間に役員がズラリと並ぶ。上座から頭取の京極《きょうごく》、専務の林《はやし》、常務の森本《もりもと》、そして年次の古い順に取締役が並ぶ。

「監査役はいつも末席です」

隣の平賀が銚子《ちょうし》を差し出しながら野崎に言った。

「しかし、野崎さんは若いですね。おいくつですかな」

「今年四十八です」

「そりゃ若い！　頭取も、あなたに新しい監査役像を期待しているのかもしれませんな」

その隣の楠木が言った。

「監査役は目立たず騒がず。日々の監査を黙々としていればいいんです」

野崎の正面に阿部が座っていた。その姿を見て、野崎は「あれから十年か。なあ、阿部」と心の中で思い、杯を傾けた。

頭取の京極が恰幅《かっぷく》のいい体を揺らして立ち上がった。役員の目が自然といかにも人のよさそうな京極の顔に注がれる。

野崎は、京極のことをよく知らない。これまで会話を交わした記憶はなかった。

銀行員にとって頭取は絶対的な存在だ。頭取に逆らうことは、即、現在の地位を失うことに繋がる。頭取となって二期目を迎えた京極の権力はますます強大になり、誰も逆らえるものはいない状態になっているという噂を聞いていた。

京極は簡単なあいさつの後、静かだがよく通る声で言った。

「今、我々は大変な時代を生きています。想像を絶する荒波が金融界を飲み込もうとしています。当行もビッグバンを控えて大きな岐路に立たされているのです」

野崎を含めた役員は、微動だにせず京極の言葉を聞いていた。

「どうですか？　この激動の時代を乗り切るために、新しい役員から何か提案はないかね。阿部君」

京極の視線が阿部に向けられた。

「はい。まず、本部機能を小さくするのが適当かと思います。特に人事総務部門、コンピュータ部門は外部委託提携なども視野に入れて幅広くコスト削減を推進するべきだと思います」

「それは行員を減らすということかね」

専務の林が阿部を見た。

「必要であれば」

「君の施策によるコスト削減効果はどのくらいかね」と京極。

「百億程度にはなるかと。コンピュータと人件費が銀行のコストの大部分ですから」

阿部の大胆だが合理的な提案に、役員たちは感嘆の声を漏らした。

「ふむ」と京極が頷《うなず》く。「もう一人、新しい役員がいましたね。……野崎君。君はどう思うかね」

京極の視線が一番遠いところにいた野崎に向けられた。

役員たちの視線も一斉に野崎の方を向く。

茶碗蒸《ちゃわんむ》しを食べていた野崎は思わず吹き出しそうになった。

「わ、私は監査役ですので銀行の経営方針そのものに口を出す立場におりません」

野崎は慌てて言った。

「構いません。自分の意見くらいあるでしょう」

「そうですね……」と野崎は少し考えた。「では、この小石川寮の閉鎖というのはいかがでしょうか」

思ってもいなかった提案に、役員たちが戸惑いの表情を浮かべた。

「どういうことだ？」と専務の林が野崎を睨《にら》みつけた。

「どういうもこういうも、言ったとおりです。都心の一等地に、三百坪の大庭園と数寄屋造りの豪華な建物。維持費、固定資産税、運営する人件費……、どれもバカにならない額でしょう。使用頻度を考えると、支店を閉鎖してコスト削減を図るより、ずっと効果的だと思いますが」

「何をバカな。君は就任したばかりだから何もわかってないんだ」

林が見下すような口調で言った。

「この寮は、大蔵省の接待や政財界の重鎮との打ち合わせ、重要な案件を手掛けるための前線基地として重要な役割を果たしているんだ。今までこの寮でいくつもの重要案件が決められてきた」

「今どき大蔵省の接待もないでしょう。セキュリティが心配なら都内のホテルがあります。地下駐車場から入れば、どこに誰が行ったかなんてわかりません。私には、この施設は役員の特権意識の象徴以外の何物でもないと思えますがね」

役員たちが呆気《あっけ》にとられて野崎を見ていた。

「野崎監査役、それは君の正式な提案かね？」と京極が訊いた。

「いえ、この席についての思い付きです」

「君はもう監査役なんだ。自分の意見が重みを持つことを十分考えたまえ」

「かしこまりました」と野崎は頭を下げた。「いつまでも一行員の気持ちが抜けないもので。……ただ、そのような気持ちも大切にしたいと思っています。……今日はこれで失礼します」

野崎は席を立ち、そのまま大広間を後にした。

寮の前で石橋が待っていた。

石橋は無言で後部座席のドアを開けた。野崎は車に乗り込んだ。

「どうしてあのタイミングで待ってたんですか？」と野崎は石橋に訊いた。

「何ていうか……、監査役は早く出てくる気がしてね」

「簡単に読まれましたね」と野崎は笑った。

野崎はシートに深く凭れた。これまでの自分には縁のない高級車のシートは、この上なく座り心地がいい。野崎はシートに身を任せて、しばらく窓の外を見ていた。

「どうしました？」

石橋がルームミラーで様子を窺《うかが》いながら訊いた。

「高級車での送り迎え、役員専用のフロア、役員専用のラウンジ、役員専用の食堂、役員専用の料亭……」

野崎は東京の街の灯《あか》りを見ながら呟《つぶや》いた。

「取締役には専用のゴルフ会員権もありますよ」

「これで果たして経営に対する危機感が出てくるだろうか」

「長年運転手をやっていますが、野崎さんのような疑問を持った方はこれまでいませんでしたよ。……みなさん、素直に喜んでいました」

車は首都高へ入っていた。覆いかぶさるような高層ビルが車窓を流れていく。

「……私は変えていくつもりです」

「えっ？」

「支店が閉鎖される時、多くのお取引先が惜しんでくれました。一緒に働いていた仲間の中には、涙を流して悔しがった者もいます。……でも、その気持ちは経営陣には全く伝わっていないことがわかりました」

石橋は何も言わずに運転を続けていた。

「役員が特権階級であってはならない。最後まで銀行に残る人間は私利私欲のない人間でなくてはならない。……私は変えていくつもりです、あおぞら銀行を」

2

「おはよう」

朝八時三十分、野崎は監査役室に顔を出した。

「おはようございます、野崎監査役。毎日早いですね」

美保が机を拭きながら言った。

野崎が席に座ると、美保が封書を置いた。

「野崎監査役宛です」

表に「親展　野崎監査役様」と書かれていた。差出人は書かれていない。

「誰だろう」

そう呟いて野崎は封書を開けた。中にはB5の紙が一枚入っているだけだった。

『本店営業一部の取引先、山田《やまだ》エージェンシーという会社を調べてほしい』

紙には手書きの文字でそれだけが書かれていた。

「これって、内部告発じゃ……」

覗き込んだ美保が言った。

野崎は紙を見た。他には何も書かれていない。

役員懇親会での野崎の振る舞いは行内で噂になっていた。それを聞いた誰かが、野崎に期待してこの手紙を出したのかもしれない。

「変わるきっかけになるかもしれない」

野崎はそう感じた。


「私の方が足を運びましたのに」

本店営業一部の部長鬼塚《おにづか》は、訪ねてきた野崎にそう言った。

営業一部は、建設や鉄鋼、造船など大企業を担当している。

鬼塚は、野崎に山田エージェンシーのファイルを差し出した。

「山田エージェンシーは監査役が気にするような会社ではありません。細々と不動産管理と資産運用をする会社です。短期で五億円程度出ているだけですから」

短期とは一年以内の融資だ。野崎はファイルを開き、貸し付け状況を確認した。ファイルの中には一枚の紙が綴《と》じられているだけだった。一枚だけというのも引っかかったが、もっと引っかかったのは会社の規模だ。大きな金が動く営業一部の中で、短期の五億の貸し付けは異質に少ない金額だった。

「こんな会社を営業一部で担当しているのは妙ですね」

野崎の言葉に鬼塚は笑顔で答えた。

「会社が丸の内にあって、ここが一番近いって言われたら仕方ないんですよ」

「ごもっともです」

野崎も笑顔で返した。

「このファイルお借りできますか？」

「どうぞ」

野崎はファイルを手に営業一部を後にした。

監査役室に戻った野崎は、ファイルを見て考えていた。

出勤した楠木と平賀は将棋をしている。時折、パチッという乾いた音が監査役室に響く。

野崎はやはり引っかかっていた。ファイルには紙が一枚綴じられているだけ。山田エージェンシーの概要と、貸し付けの事実が記されているだけだった。五億円は、期日ごとに書き換えが行われ、特に回収している様子もない。いくら営業一部とはいえ、ペラ一枚の紙で五億の金が動くこと自体がおかしい。しかし、特別に調査をするほどの疑いがあるというわけでもなかった。

どうするか？　野崎は思った。このまま動かないことも一つの選択肢だ。しかし、手紙を書いた人間は、決死の思いで告発をしているに違いない。その行員の想《おも》いを無駄にするわけにはいかない、と野崎は思った。

「出かけてきます」

立ち上がった野崎は、将棋をしている楠木たちに声をかけた。返事はない。小石川寮の一件以来、二人は野崎を無視していた。

野崎は背中に楠木と平賀の冷たい目線を感じながら部屋を出た。

丸の内の雑居ビルにある山田エージェンシーに、野崎は向かった。

「ほー、監査役さんちゅーのも珍しいですな」

山田エージェンシーの社長の山田光政《みつまさ》は、野崎の名刺を見てにこやかな表情で言った。

「当行からの借入はどのような資金でしょうか」

「借入……と言うと？」

山田は笑顔のまま答えた。

「御社は当行より手形で五億円の融資を受けています。しかも、期日ごとに書き換え書き換えで、事実上、あなたは五億円をもらったも同じですよね」

山田の表情から笑顔が消えた。野崎は構わず続けた。

「さらに、山田エージェンシーの口座は、時々、十億、二十億の金が通り過ぎていく。一体、あれはどういう性質のお金なんですか？」

「あんた、役員になったばかりやろ」と山田は薄ら笑いを浮かべて言った。「小物は引っ込んどり。ワシはおたくの銀行の歴代の頭取と昵懇《じっこん》の仲や。話はついとるんや。はよ、帰り」

「そうはいきません。たとえトップが絡んでいようがいまいが、私は監査役としての任務を全《まっと》うするだけです」

山田は無言で野崎の顔をじーっと見た。

「何か？」

「あんた、顔に死相が出てますな」

「脅しですか？」

「まさか」と山田は冷めた目でニヤリと笑った。「わて、人相見まんねん」

山田の据わった目が野崎に向けられた。

野崎は背中をスーッと冷たいものが降りていくのを感じた。

「死相ときたか……」

監査役室に戻った野崎は、山田の据わった目を思い出していた。

「あの山田という男、何者だろう。暴力の匂いがしたが……」

山田はトップが絡んでいると言った。トップとは役員の誰かを指しているのだろうか。山田とあおぞらはどういう関係なのか。山田はあおぞらの汚れ仕事を引き受けている会社なのかもしれない。そうすると、営業一部の鬼塚の役割は一体……。野崎の脳裏にさまざまな推測が浮かぶ。

「野崎監査役」

不意に美保が野崎を呼んだ。

「え?」

「阿部取締役がお呼びです」

「さっそくおいでなすったか」

野崎は腰を上げた。

「山田エージェンシーから手を引いて下さい」

野崎に向かって阿部が言った。取締役専用の皮張りの椅子の背もたれが、深く後ろに沈む。

「あの会社との経緯は少し複雑なんです。トップも知っていることですし、こちらで処理します」

「トップとは……、頭取のことですか？」

「答える必要はありません」

「そうですか。では引き続き調査を行います」

「何を言ってるんですか!?　あなたは自分の立場がわかってない！」

　突然、阿部は激高した。

「わかってないのはあなたでしょう」と野崎は静かに言った。「あなたは取締役であり、私はその業務遂行を監査する監査役だ。監査業務を妨害するのは重大な商法違反です」

「野崎さん、正気ですか!?　これはトップが絡む案件なんです。何の後ろ盾もないあなたなど、任期途中でクビにできるんですよ」

　野崎は何も言わずにじっと阿部を見た。

「早々に手を引いて下さい。いいですね」

　阿部は念を押した。

　野崎は一礼すると阿部の個室を後にした。

　石橋の運転する社用車で、野崎は帰宅の途に就いた。

　少し離れたところで車を降りる。野崎は家の前に車をつけるのは仰々しくて嫌だったので、少し離れたところで降りることにしていた。

「ではまた明日」

石橋に言って歩き出す野崎。

角を曲がった時、一瞬、嫌な予感がした。

振り向くと、二つの人影が迫って来る。帽子にマスクの男だった。男たちが手に鉄パイプを持っているのが見えた。

野崎は咄嗟《とつさ》にカバンで頭をガードした。

男が鉄パイプを振り下ろす。カバンの上から殴られ、頭に衝撃が走った。倒れ込む野崎に容赦なく鉄パイプが振り下ろされる。野崎は体を丸め、必死にガードした。

「何やってる！」

大きな声が聞こえた。異変に気付いた石橋が走ってきた。

男たちは一目散に逃げていく。

「大丈夫ですか⁉」

石橋は野崎に駆け寄った。

「大丈夫です」

背中や頭に鈍い痛みが残っているが、骨折などの重傷は負っていないようだった。

「助かりました」

野崎は石橋に言った。

翌日、出勤した野崎を見て行員たちが驚いた顔で道を開けた。野崎の右目の上は腫れ、大きな痣《あざ》が出来ていた。

昨日、家に帰ると、妻の彩子はとても驚いた。野崎は心配をかけないように転んだと嘘《うそ》をついたが、たぶん信用していないだろう。妻に嘘をついたことには罪悪感を覚えたが、本当のことを話すともっと心配するのは明白なので、嘘をつくことを選んだ。

監査役室に行くと、美保が驚いて「大丈夫ですか？」と言った。

「昨日、暴漢に襲われました。きっと山田エージェンシーのことを調べたから、警告にきたのでしょう」

「そんなことって……」

美保が言った時、専務の林が監査役室に入って来た。

「どうした野崎君！　噂になっているから来てみたが、すごい怪我《けが》じゃないか！」

「たいしたことありません」

「そんな怪我じゃ仕事にならんだろう。他の行員も動揺するからしばらく自宅で療養したらどうだ」

「専務、私は休みませんよ」

「しかし……」

「私は暴力には屈しません。断固戦うという姿勢を示したいのです」

野崎は決意の表情で言った。

3

三軒茶屋《さんげんぢゃや》にあるあおぞら銀行男子独身寮の前に野崎はいた。ここに住むある人物を待っていた。

すっかり日は落ち、通りを帰宅を急ぐ人たちが足早に歩いていく。

やがて一人の男がやってきた。

「和田《わだ》さん」

声をかけられた男は驚いた表情で野崎を見た。営業一部の和田だった。

体格のいい背中が小さく丸まっている。

「びっくりした……。監査役、脅かさないで下さい」

和田はホッとしたような顔になって野崎に言った。

「山田エージェンシーの告発文を書いたのは君だね」

「えっ……?」

動揺したように声を上ずらせている。

「バカなこと言わないで下さい。どうして僕が……」

「字の特徴です。告発文は田の字を○に十と書いていた。ファイルの田も同じでした」

「そんな……、稟議《りんぎ》ファイルは全部ワープロのはずです」

野崎はファイルを見せた。

ファイルにはネームタグがついていた。そのタグは手書きで書かれていた。「山田エージェンシー」の田の字が、○に十で書かれていた。

「あ……」

和田は言葉を失った。

「少し話しませんか？」


近くの喫茶店で、野崎と和田は向かい合っていた。

「どうして告発を？」

野崎は言った。

「誰だって不正なんてしたくありませんよ」

和田は俯《うつむ》き、消え入りそうな声で言った。

「でも、出した後、急に怖くなったんです。周囲に知られたくなかったし」

和田の肩が震えていた。

「割を食うのは嫌なんです。僕はバブル採用で同期が六百人います。上からはいつも、代わりはいくらでもいると言われてきました。僕は努力して営業一部に入ったんです。エリートコースです。そこから外れたくない……」

「誰だってそうだと思います。でもやらなければならない時があるんじゃないでしょうか」

「それは野崎さんが強いから言えるんです」

「強い人なんていません。事実、私だってビクビクしている」

「え……」

「今は怖くなって目を背けようとしているのだとしても、あなたはとても勇気があったと私は思います」

和田が顔を上げて野崎を見た。

「小さな勇気ですが、それが集まれば、やがてこの大きな銀行を変えることだってできると思います」

野崎は熱意を込めて言った。

「私は銀行を変えたい。決して迷惑はかけない。協力してくれませんか？」

少しの沈黙。そして和田は頷いた。

「山田エージェンシーには、短期の単名コロガシで五億融資しています。期日ごとに書き換えるので、事実上は譲渡と同じです」

単名コロガシとは、手形貸し付けで期日が来たら金利だけ払って手形を更新するものだ。

和田は続けた。

「私は鬼塚部長に金額と期日を書いたメモを渡され稟議を書くだけです。そのメモもすぐ廃棄するよう指示されています。たぶん金利も他の形で融資しているのではないでしょうか」

「山田エージェンシーは何をしているんです？」

「わかりません。……ただ、ウチのトップが絡んでいるとなると、相手も相当大物だと思います。山田エージェンシーにはバックがいるはずです」

和田の言葉に野崎は頷いた。

家で風呂に浸《つ》かりながら野崎は思った。

「もしかしたら俺はパンドラの箱を開けようとしているのかもしれない……」

頭取も含む銀行全体が関わっていることが明るみに出たら、あおぞら銀行は叩《たた》かれ、経営陣は総辞職となり、たちまち窮地に陥るだろう。懸命に働く行員たちにしわ寄せがいくことになるかもしれない。それが果たしていいことなのだろうか。

巣鴨支店の閉鎖で、泣いていた行員たちの姿が脳裏に浮かんだ。

「自分にこの犯罪を公表することができるだろうか」

湯船の中、野崎は考え続けた。

いつまで経《た》っても答えは出なかった。

翌日、あおぞら銀行本店で定例の取締役会が開催された。

監査役の野崎も席についている。

常務の森本が議長となり、議事はいつものように滞りなく進行していく。

「他にありませんか？」

森本は最後に役員たちに問うた。

「なければ最後に監査役の方から何かご意見があれば……」

「いえ、何も……」と楠木が言った時、それを遮るように野崎は手を挙げた。

役員たちの視線が一斉に野崎に向けられる。

「営業一部に山田エージェンシーという取引先があります。この会社には無担保で五億円の融資がなされておりますが、業務内容は不明であり、甚だ素性のわからぬ会社です」

山田エージェンシーの名前が出て、阿部が鋭い視線を野崎に向けた。

「私はこの会社とその背後関係を早急に調べる必要があると考えます」

役員たちがざわめく。「何だ、その会社は？」「さあ」というやり取りが野崎の耳に聞こえた。

「個別取引先の検討は、取締役会で行うことではない」と専務の林が発言した。「しかもそんな小さな案件……。関係各部と協議して報告すればいいだろう」

林が森本に目配せをする。

「それではこれにて閉会します」

森本が慌てて閉めようとした。

「結構です」と野崎は言った。「ただ、今の発言は議事録に記録しておいて下さい」

「なに!?」

林が思わず声を上げた。取締役会の議事録は公的記録として保管され、株主からの請求があり、裁判所が認めた場合には開示しなければならなくなる。

「何か不都合な点でも？」

野崎は林に言った。林は睨むように野崎を見た。会議室に緊張感が走った。

その時、頭取の京極が口を開いた。

「議事録への記載はもう少し調査が進んでからにしましょう。調査中の会社まで載せていてはキリがありませんから。野崎監査役、それまで思う存分調べて下さい」

「よろしいんですか？」

「もちろんです」

そこで森本が閉会を宣言し、取締役会は終わった。

監査役室へ戻りながら、野崎は「思う存分調べて下さい、ということは、頭取はこの案件に関わっていないのかもしれない」と思った。

監査役室に戻ると、美保が「人事報告がきています」と広報誌を野崎の机に置いた。

「珍しいな、こんな時期に」

「緊急の欠員でもあったのかもしれませんね」

美保はお茶を淹れながら言った。

何気なく報告書を見た野崎は、突然立ち上がった。

「どうしました？」

美保が驚いて訊く。

「ちょっと行ってきます」

それだけ言うと、野崎は監査役室を飛び出していった。

「野崎監査役！　お茶淹れてますよ！」

美保の声が聞こえたが、野崎は構わずに走った。

営業一部に飛び込み、近くにいた女子行員に「和田君はどこにいる？」と野崎は訊いた。

「え？　さっきまでいましたけど……」

女子行員は野崎の形相に戸惑いながら答えた。

「これは監査役、何か御用ですか？」

声がして振り向くと、営業第一部長の鬼塚がニヤつきながら立っていた。

野崎は思わず詰め寄る。

「和田君を熊本支店に飛ばしたな！」

「人聞きが悪いですな」

野崎は鬼塚の胸倉を摑《つか》んだ。

「彼が何をした！」

「さあ」と鬼塚は薄ら笑いを浮かべた。「でもこうして野崎さんが乗り込んでくるってことは、ご存じなんじゃないですか？」

「貴様！」

「山田エージェンシーを調べるのも結構ですがね、あまり多くの人を巻き込まないことです。もっとも、もうあんたには協力する人間はいないと思いますがね」

「汚い奴《やつ》だ！」

野崎は鬼塚を突き飛ばし、営業一部から駆け出した。


野崎は誰もいない社員食堂の隅で和田を見つけた。

「和田君、すまなかった」

「僕、飛ばされたんですね」

和田は泣きそうな顔を野崎に向けた。

「君のつらさ、私にはわかる。経験があるから」

「え……？」

「同期トップで総合企画部の次長になった時だ。暴力団のフロント企業に融資したことが発覚し、降格させられ関連会社に出向させられたんだ」

和田は驚きの表情で野崎を見た。

「何よりもつらいのは人の態度が変わることだ。その件があってから、入行以来続いていた同期会の誘いすらこなくなった」

「でも……、野崎さんは復帰したじゃないですか」

「もう退職された専務がね、私のことを見ていてくれたんだ。三年経って、野崎はよくやっていると、下町の小さな支店に戻してくれた」

「どうしてそんな屈辱に甘んじて銀行に残ったんですか？　辞める勇気がなかったんですか？」

「そういうことじゃない。出向も下町の支店も、私にとっては屈辱じゃなかった。それに辞めることが勇気だとも思わなかった」

「……僕にはわかりません」

和田は俯いた。

野崎は深く頭を下げた。

「すまない。君に迷惑をかけないと言いながら、結果的に君を追い込んでしまった。……本当に申し訳ない。私には謝ることしかできない」

「失礼します」

和田は大きな背中を丸くして去っていった。

車は夜の首都高を滑るように走っていた。

その後部座席で、野崎は和田のことを考えていた。

「なにかあったんですか？」

運転していた石橋が話しかけた。ルームミラー越しに目が合う。野崎は我に返って言った。

「今日、私に協力してくれた若者が左遷されてしまったんだ。私は彼の人生を誤らせてしまったのだろうか？」

「監査役、そりゃ驕《おご》りです」

「驕り？」

「人生っつうのは、池にできる水紋のように干渉しあっているんです。それでも最後はその人の人生です。周りがとやかくできるもんじゃない。人生は己の生きざまですよ」

「己の生きざま……。そう言われると少し救われる気がします。ただ、今回の件を、和田君がどのように受け取ったのか、それが気がかりです」

週末、野崎は羽田空港へ行った。出発ロビーは大勢の人で混み合っていた。野崎は熊本空港行きのカウンターを探した。

大きな背中を丸めて搭乗手続きをしている和田を見つけた。

今日は和田が熊本へ向かって旅立つ日だった。

「和田君！」

搭乗口へ向かうところで野崎は声をかけた。

「あ……」

野崎の姿を見て、和田は思わず声を出した。

和田を見送りに来ている人間は誰もいなかった。あまりにも寂しい旅立ちだった。

野崎は持ってきた包みを和田に渡した。

「美登利寿司《みどりずし》のいなりだ。私の大好物でね。昼食にしてくれ」

「ありがとうございます」

和田は包みを受け取った。

「いろいろすまなかった」

「そんなに何度も謝らないで下さい」

「しかし……」

「あれからずっと考えたんですけど、僕はまだ監査役の言っていることがよくわかりません。ただ、野崎さん、言ってましたよね？　自分のことを見てくれていた役員がいたって」

「ああ」

「だったら野崎さんが僕のことを見ていて下さい。野崎さんに見ていてほしいんです」

野崎は和田の吹っ切れた表情を見た。

「わかった。君のことを見ているよ。約束する」

和田は少しだけ笑顔になり、一礼すると搭乗ゲートを通過していった。

4

野崎は一人、山田エージェンシーの調査を続けていた。

山田エージェンシーの謄本から、朧気《おぼろげ》ながら会社の概要がわかってきた。

山田エージェンシーの資本金は一千万円で、設立は一九八四年。代表取締役は山田光政。取締役に山田寛子《ひろこ》と山田弘道《ひろみち》。氏名から判断して同族会社と思われた。

謄本を繰っていた野崎の手が止まった。

「うん……？　監査役、海藤義巳《かいどうよしみ》……。どこかで聞いたことがあるような……」

しばらく考えたが思い出せなかった。

謄本からわかることはその程度だった。営業一部の協力が得られないのですぐに手詰まりになってしまう。

大きく伸びをする野崎。それを見た美保が「どうかしましたか？」と言った。

「いや、気になる会社を調べたいのだが、予算も人員もないものでね。これじゃ内部監査と言っても手も足も出ないよ」

「銀行の場合、検査部もありますし、公認会計士の検査もありますからね」

美保はお茶を淹れながら言った。

「そうか！　それだ！」

「はい？」

野崎は立ち上がり、「ありがとう」と言うと監査役室を出ていく。

「監査役、お茶は!?」

美保の声が聞こえた。


野崎は検査部へ向かった。

検査部は、あおぞら銀行のすべての業務において、日々、検査を行う部署だ。お飾りに近い監査役と違い、常に各課、支店の業務に目を光らせチェックする。他の行員たちからは「泣く子も黙る検査部」と恐れられていた。

検査部内は私語もなく、ピリピリとした雰囲気が漂っていた。

野崎は一番手前にいた若い男に声をかけた。髪の毛をうっすらと茶色に染め、ネクタイも緩めている。耳にイヤホンを挿したままパソコンを操っていた。

「監査役の野崎だが、部長はいるかな？」

野崎は若者のイヤホンを引っこ抜いて言った。若者は面倒臭そうに立ち上がり、一番奥の部長席へ行った。

やってきた検査部長の渡辺《わたなべ》は、怪訝《けげん》そうな表情で野崎に対応した。

「どういったご用件ですか？」

「ちょっとお聞きしたいのですが、昨年、営業一部に検査に入っていますよね。その時、山田エージェンシーという会社が上がってきませんでしたか？」

「さあ……。そんな会社、聞いたことありませんが……」

「おかしいですね。山田エージェンシーには五億の融資があります。しかも事実上、くれてやっているに等しい。それが検査で上がらないというのはどういうことです？」

「営業一部は、鉄鋼、重工業が主な取引先の部署です。融資額に関しても数百億単位が普通です。そんな泡沫《ほうまつ》の取引先まで手が回りませんよ」

「営業一部にそんな泡沫の会社があること自体がおかしいでしょう」

野崎は食い下がった。

渡辺は面倒はごめんだとばかりにつっけんどんな口調で言った。

「さあ。とにかく当方に山田なんとかという会社の資料も情報もありません。何だったら、検査部内を勝手に探してもらっても結構です」

野崎は検査部を見渡す。書類の入った段ボールが所狭しと置かれ、棚にも書類がギッシリと入っていた。とても一人で探せる量ではない。

「わかりました。出直します」

部屋を出ようとして視線を感じる。見ると、先ほどの茶髪の若者が野崎を見ていた。

いよいよ手詰まりになってしまった。

「うーん、どうしたものか……」

野崎が悩んでいると、監査役の楠木が独り言のように呟いた。

「監査役は目立たず騒がずだ。どうせ何もできやしないんだから」

野崎は椅子に大きく凭れて天井を仰いだ。確かに楠木の言うとおりだ。人員も金もない現状では思うように調査は進まない。一人でやるには限度がある。

美保が野崎の前にお茶を置いた。

「すみません、お役に立てなくて」

「いえ、あなたはよくやってくれています」

「私にお手伝いできることがあったら何でも言って下さい」

「ありがとう。でも、スタッフはどうにかしないといけないな」

野崎はため息をついた。


野崎は専務室へ行った。

中では林と検査部長の渡辺が打ち合わせをしていた。

「打ち合わせ中、すみません。急いでいるものですから」

「なんだね」

林が不機嫌そうな声を出した。

「監査役室のスタッフの拡張をお願いできないでしょうか。今の体制では満足な監査ができません」

「難しいね。今の経営状態は君も知ってるだろう。利益を産まない監査業務にかける金はないよ」

「監査は確かに利益を産みません。でも銀行にとって一番大切なものを取り戻せるかもしれません」

その言葉を聞いた渡辺が野崎を見た。

「なんだね、その一番大切なものって」と林。

「『信用』です」と野崎は言った。「我々が失いつつある『信用』を取り戻すことができるかもしれません」

「とにかく予算はない。スタッフ補充は認めん」

「では、今のスタッフを最大限に活用させていただいてもよろしいですね？」

「ん？……ああ、それならいいだろう」

「ありがとうございます」

野崎は礼をして専務室を後にした。

林の言質《げんち》を取った野崎は、さっそく運転手の石橋を監査役室のスタッフとして活用す

びこむ。システム開発部に掛け合い、使っていない総合端末を借り受けて石橋と監査役室に運ぶことにした。

「どうしたんですか？」

次々と機器を運びこむ野崎を見て、美保が驚いて言った。

楠木と平賀も、さすがに驚き、成り行きを見守っている。

「支店の動きが知りたくてね、GT（総合端末）をここに置かせてもらうことにしたんだ。シス開（システム開発部）で調べたら、役員階には情報系、勘定系、両方とも回線が来てるんだ」

石橋が手際よく配線をしていく。

「見事なもんだね」と野崎は感心して言った。

「もともとは庶務で、端末の設置も手伝っていましたからね。昔取った杵柄《きねづか》ってやつです。あ、言っときますけど端末の操作はできませんからね」

「それは大丈夫です。私が覚えますから」と野崎。

「私、使えますけど」と美保が言った。

「え？」

「私、以前、為替部にいたので、端末はひととおり使えます」

「よかった！　さっきマニュアルを見ていて頭が痛くなってしまって」

野崎は笑った。

「これで最低限の態勢は整いましたね」

三人で端末を前にわいわいやっていると、「ちょっといいかな」と楠木が野崎を呼んだ。

野崎が楠木の席に行くと、「だいぶ派手に動いているね」と言った。

「いろいろやることがありまして」

「監査役は目立たず騒がず、淡々と日々の業務をこなす。君は派手に動き過ぎだ」

「監査業務ですから、ある程度は仕方がないかと」

野崎が言うと、楠木は大きなため息をついた。

「……私は常務だった。おかげで監査役を一期やらせてもらっている。子会社に出るよりは多少報酬もいい」

「はい」

「銀行の温情だよ。感謝しなければならない」

「感謝ですか……」

「商法では、監査役は株主総会によって選任されることになっている。しかしね、それは建前だ。実際は頭取の一存で決まるんだよ。君とて同様だ」

「はい」

「頭取の権限は絶対だ。それだけは覚えておきなさい」

そう言うと、楠木は椅子をくるりと返して背中を向けた。

自席に戻りながら野崎は思った。

楠木は、頭取の尻尾《しっぽ》を踏むなと言ったのだろう。頭取がその気になれば、監査役など簡単にクビにできるのだ、と。しかし人事権が独立していなくて、真の監査業務などできるのだろうか、と野崎は思った。

席に戻ると、待っていたように机の上の電話が鳴った。

「山田エージェンシーの情報を買いませんか?」

電話の向こうで、低い男の声がした。


野崎は怪電話の指示に従って、八重洲《やえす》にある喫茶店へ向かった。裏路地にある、古い小さな喫茶店だった。

電話の主は「あおぞらの者です」としか言わなかった。怪電話の主を信用したわけではなかったが、和田のような勇気ある告発者かもしれない。とりあえず会ってみようと思った。

喫茶店にいたのは、あの検査部で目が合った茶髪の若者だった。

「どうも。検査部の沖田浩二《おきたこうじ》です」

沖田はぶっきらぼうに言った。

野崎は席に着いた。

「ここのキリマンジャロは格別ですよ。マスターが直接エチオピアから仕入れているらしいです。本店から近いのに、古い喫茶店なんで誰も来ない。だからサボるのには最適の場所なんです」

そう言って口の端を上げて笑った。

「山田エージェンシーの件で、話を聞かせてくれるそうだが」

「せっかちですね。世間話はお嫌いですか？」

「君と私の間に共通の話題があるとも思えないんでね」

野崎の言葉に、沖田は薄ら笑いを浮かべた。

「まあいいや。本題に入りましょう。野崎さん、山田エージェンシーを調べてるでしょ？　部長との話が耳に入ったんです」

「それで？」

「情報を買ってほしいんですよ。山田エージェンシーに関する」

「何を言っているのか、意味がわからないが」

沖田はニヤリと笑った。

「検査部は以前、山田エージェンシーの存在を摑んだんです」

「えっ……？」

部長の渡辺は山田エージェンシーを知らないと言っていた。嘘をついたのか、それともただ忘れているだけなのか。

「そりゃそうでしょう。鉄鋼や重工業が中心の営業一部で、訳のわからない会社があれば誰だって不思議に思いますよ」

「それで検査は？」

「それができなかったんですよ」

「できない？　なぜ？」

「突然部長が、この件は調査するな、と。いわゆる天の声ってやつです」

検査部にまで圧力がかかったのが本当だとすると、山田エージェンシーの件には、相当上まで関わっている可能性が高い。

闇の深さを感じ、野崎は思わず身震いをした。

「でね、僕はそういう案件を勝手に調べるのが大好きで、内緒で調べたんです。そうしたらすごい事実がわかってきました」

「何だ？」

声を潜めて訊いた。

「鈍い人だな。だから、それを買ってほしいって言っているんですよ」

「君は自分の銀行の情報を売ろうというのか？」

「いけませんか？　需要と供給です。あなたが情報を欲しがり、僕はそれを持っている。当然の市場原理ですよ」

「茶化すんじゃない」

「茶化してなどいません。僕だってそこそこ危険を冒して調べた情報です。タダってわけにはいかない。週刊誌に持ち込めば、何百万になるかもしれませんしね」

「そんなことを持ち掛けて、恥ずかしいと思わないのか？」

野崎は静かに沖田を睨みつけた。

「フン。よく言うよ」

沖田はタバコに火をつけた。

「恥ずかしいのはあなたたちですよ。バブルに踊って、好き勝手やって、その結果がこのざまだ。公的資金を投入してもらってやっと生き延びている」

沖田の吐いた煙が野崎の顔にまとわりつく。

「それなのに、自分たちの権益は絶対に手放さない。僕たち若者はそのしわ寄せを食らい、その後処理をこの先ずっとしていかなければならないんですよ。反省の欠片《かけら》もないと思いますけどね。恥ずかしいのはどっちです？」

「詭弁《きべん》だ」

「どう思われても結構。買うのか買わないのか、はっきりして下さい。それだけです」

「金を出すわけにはいかない。だいたい、君の情報が正しいのかどうかさえわからないからな」

沖田の眉がピクリと動いた。

「僕が嘘を言っているとでも？」

「君の情報が正しいという確証はない。少なくとも今の時点で私は君を信用できない。単なる妄想じゃないのか？」

「ふざけるな！」

静かな喫茶店に沖田の声が響いた。

「とにかく、君のようなクズと話すのは不愉快だ。帰るよ」

野崎は立ち上がった。

「待てよ」

沖田は怒りを含んだ眼を野崎に向けた。

「兜町《かぶとちょう》支店に山田商事、新宿営業部に山田興業という会社がある。二つとも山田エージェンシーのダミー会社だ。調べてみるんだな」

野崎はそれを聞き、伝票を摑むと金を払って店を出た。

「山田商事と山田興業か……。アイツ、案外単純なヤツなのかもしれないな」

本店への道を歩きながら野崎は思った。

監査役室に戻ると、石橋が「端末の設定、完了しました」と楽しそうに言った。

「いつも運転ばかりなんで、たまにはいいですな」

「石橋さんは、これから監査役室のスタッフとして動いてもらいますよ。専務の許可ももらいました」

「なんと！」

美保が野崎の前にお茶を置く。

「吉野さんもです」

「はい」

「早速ですが……」と野崎はメモを美保に渡した。「兜町支店の山田商事と新宿営業部の山田興業の、直近三ヶ月の入出金記録を調べてくれませんか？」

「わかりました」

美保はメモを受け取り頷いた。

「なんだか面白くなってきましたね」と石橋は笑顔で言った。

美保はすぐに端末で二つの会社の記録を調べ、プリントアウトした。

山田商事と山田興業は沖田の言ったとおり実在した。そして二つとも、短期間で十億円程度の金が何度も動いていた。取引先はケイエスアイ証券という証券会社だ。そしてその二つの会社の口座から、山田エージェンシーに毎月一億円が振り込まれていた。

「証券会社が絡んでいるということは、もしかして、山田エージェンシーはダミー会社を使って株式運用をしているのか」

野崎はそう考えた。原資をあおぞらから調達し、証券会社もグルになって、山田エージェンシーは仕手戦を仕掛けているのかもしれない。

仕手戦とは、相場で短期間に大きな利益を得ることを目的に、投機的な売買を行って株価を不当に操作するものである。あおぞら銀行が仕手戦の資金を仕手筋に融資しているとしたら、とんでもないスキャンダルだ。

「ちょっと出てきます」

野崎はプリントアウトされた入出金記録を掴んで監査役室を出た。

役員専用フロアにずらりと並ぶ、各取締役の個室。

野崎は阿部の個室のドアを開けた。

「阿部取締役はいますか？」

野崎は秘書に言った。秘書は内線で阿部に連絡を取り、すぐに野崎を奥の部屋に案内した。

「どうしたんです？　急に」

阿部が言った。

野崎はプリントアウトした入出金記録を阿部の机に置いた。

「山田エージェンシー関連への融資は仕手戦の資金なのか？」

阿部は野崎を見た。そしておもむろに入出金記録を手にすると、それをじっと見た。

野崎は阿部に詰め寄った。

「今すぐこの資金を回収するんだ。マスコミに漏れたら一気に当行は金融市場で信用を失うぞ。株価が下落し、コール市場で資金の調達ができなくなり破綻だ」

「公表するつもりですか？」

阿部が入出金記録を机の上に戻して言った。

「まさか。……しかし、こんなことは隠し通せるものじゃない。市場をかく乱する仕手戦に融資したとなれば銀行法、証券取引法に抵触する。地検特捜部だって黙っていないだろう」

椅子をくるりと回し、野崎の言葉を遮るように背中を向けた。

「あの時と同じですね。……立場は逆転しましたが」

「なに……」

野崎の脳裏に十年前の出来事がありありと浮かんだ。


一九八八年——。

当時、総合企画部次長だった野崎は、部下の阿部が差し出した稟議書を見ていた。それは「ラムア」という新しい会社への融資の稟議だった。

「このラムアって会社、そんなにいい会社なのか？」

「はい。湾岸一帯に倉庫を持っています。この地区はこれから都心でも有数の商業地帯になりますよ。当行も多少のリスクは覚悟で投資すべきでしょう」

阿部は自信あり気に野崎に言った。

野崎の中で何かが引っかかった。新しい会社だったし、どうも話が出来過ぎている気がしていた。

「念のため、会社の背後関係は大日本データバンクに調査を依頼しています」

雰囲気を察したのか、阿部が補足するように言った。

「そうか。じゃ、その報告書が出てから上に回すことにしよう」

野崎の言葉に阿部が慌てて反論した。

「待って下さい、次長！　三友銀行もラムアに接触を始めています。今週中に融資を実行しないと巻き返されます！」

「まあそう焦るな。新規に取引を始める時は慎重に行こう」

そう言って、稟議書に判を押さずに阿部に戻した。

阿部は不満そうな顔をしたが、野崎は次の会議のためすぐに席を立った。

一週間後――。

朝、自宅で新聞を見ていた野崎は驚きの記事を目にした。

『湾岸開発に暗雲　仕切っていたのは暴力団関連会社』

野崎は記事を読む。阿部が融資を実行しようとしていたラムアに、関西暴力団の企業舎弟疑惑が持ち上がったというスクープだった。

野崎は嫌な予感がしてすぐに銀行へ向かった。

稟議書を調べる。なんと、ラムアへの融資は実行されていた。決裁欄には野崎の判が押してある。

「何てことだ……」

野崎は愕然とした。野崎は判を押していない。おそらく会議に立った後、起案者の阿部が勝手に野崎の判を決済欄に押したのだろう。

すぐに貸付金の回収に走るが、すでに手遅れだった。

『あおぞら銀行　暴力団に融資か？』

そんな記事が週刊誌に溢れた。反社会勢力に融資をしたとして、世間の厳しい目があおぞら銀行に向けられた。そして疑惑の中心だったラムアは、あっという間に倒産、貸付金の回収もできなくなってしまった。

「申し訳ありません。全ては私の責任です」

野崎は役員会で謝罪をした。阿部の名前は一言も出さなかった。阿部がやったという証拠はなかったし、何より自分の甘さが招いたことだと思った。

そのまま一切言い訳をせず、野崎は子会社に出向した。それまで同期の中でも出世頭だった野崎は、エリートコースを外れてしまったのだった。

背を向けている阿部に、野崎は言った。

「君は変わっていない。あの失敗から何も学んでいない。また同じ過ちを繰り返すつもりか？」

阿部は椅子を回し、野崎と向き合った。

「学びましたよ。銀行では正直者はバカを見るって。……あんたが教えてくれた」

野崎は阿部の醒めた目を見た。

「ラムアの件、あんたの判子を押したのは確かに俺だ。しかし、最初に融資の話を持ってきたのは篠崎部長なんだ」

「え？　篠崎部長が……？」

「俺は篠崎部長の指示でやっただけなんだよ」

「どうして……、あの時、そう言わなかったんだ」

「篠崎部長はラムアとズブズブだったから、自分の名前は表に出さないでくれと言ったんだ」

「そんな……」

「俺は篠崎部長の名前を出さずにじっと我慢した。それが部下の務めだと思ったからな。……あんたが出向した後、残った俺は針の筵《むしろ》だった。野崎さんがそんなことをするはずがない、阿部の罪を被《かぶ》って出て行ったんだ、と誰もが噂した」

野崎は言葉を失っていた。

「しかし篠崎部長はあっけなく俺を切った。次の次長には俺の同期を抜擢《ばってき》した。部長の娘婿だったヤツだよ。いきなり梯子を外されてやってられないと思った」

阿部は薄ら笑いを浮かべた。しかし、その目は笑っていなかった。

「結局、俺は篠崎部長が女性問題で失脚するまで、同期の部下という立場に置かれた。

そこで俺は正直者はバカを見るって学んだ」

阿部が可笑《おか》しそうにフフフッと笑った。

「それからは巻き返すために必死に働いた。それこそ血尿が出るくらいだ。上の命令にはなんでも従った。出世のためなら何でもやった」

「どうしてそこまで……」

「それしか俺にはなかったからさ。あんたのように負け犬になりたくなかったんだよ」

と阿部は抑揚のない冷めた声で言った。「家庭さえも顧みなかった。離婚して、俺に残された場所は銀行だけだった。最後はあおぞらを手中に収めて、俺をバカにしたあんたや部の連中を見返してやる。それが俺の生きていく上での最後の拠《よ》り所《どころ》だったんだ」

「私は君をバカになどしていない」

「いや、人を見下している。自分では気が付かないだけだ。いつでも正義ヅラして欲のないふりをしている」

阿部の目に冷たい狂気が宿っているように、野崎には見えた。

「だがな、人間はもっと欲望に正直なドロドロしたものなんじゃないのか？　俺はあんたと一緒にいると落ち込むんだよ。俺は情けない男だ。それを自覚させるのは、あんたの存在なんだ」

「違う。君が情けないのは、君自身がそう思っているからだ。人のせいにするな」

阿部は静かに「うるさい」と言った。

「とにかく山田エージェンシーの資金を回収するんだ」

「それはできない」

阿部は野崎に視線を向けたまま言った。

「そんなことをしたら……、あおぞらは終わりだ」

「あおぞらは終わり？　どういうことなんだ？」

しかし、阿部はそれ以上話そうとはしなかった。

5

野崎は、山田エージェンシーの過去の金の流れについて調べ始めた。

山田エージェンシーは、山田商事、山田興業を通じて、計三百億円の融資を受けていた。そしてそのすべてがケイエスアイ証券を通じて株に流れていた。規模からいって、証券会社もグルの可能性が高い。山田エージェンシーに戻された利益は、一体、どこに流れているのか……。

「必ずバックがいるはずだ」

野崎が残業をしていると、美保がお茶を淹れてくれた。

「ありがとう。まだ帰らないんですか？」

「監査役は？」

「もう少し調べてから帰ります」

「これまで、監査役になる人って、仕事をしない人ばかりでした。でも、野崎監査役がきて印象が変わりました」

「忙しくさせてしまって申し訳ないね」

「いえ。……前におっしゃった、暴力団への不正融資の件、本当なんですか？　私にはとても信じられないんですけど……」

「本当です。もう昔の話です。それで出向しました」

「何年くらい出向されてたんですか？」

「たった三年ですが、とても長く感じました。もう、あおぞらには戻れないと思っていましたから」

野崎はお茶を飲んだ。美保の淹れるお茶は美味《おい》しかった。

「でも……、監査役がそんなことをするなんて、やっぱり私には信じられません」

美保はそう言い、ペコリと頭を下げて帰って行った。

野崎は大きく伸びをして立ち上がった。

監査役室の窓の外には丸の内の夜景が広がっている。その夜景を見ながら、野崎は出向した時のことを思い出した。

野崎の出向先は、子会社のあおぞらファイナンスだった。

あおぞら本体ではできない汚い回収はすべてファイナンスに回ってきた。返済不能になった工場の最後の運転資金を回収し、倒産に追い込んだことも一度や二度ではない。ローンが払えなくなり、夢のマイホームを家族から取り上げたこともある。そのたびに、摑みかかられ、罵声を浴びせられた。泣いて縋《すが》られたことも、「鬼！」と罵られたことも、バケツの水をかけられたこともある。

野崎は厳しい回収の現場を回りながらさまざまなことを学んだ。心が折れそうになった時、当時の専務が訪ねてきて言った。

「銀行が何をしているのか、骨の髄に叩きこんでおきなさい。それがいつか必ず君の役に立つ。君次第だ。極限状態の中でこころまで荒《すさ》んでいくか、それとも泥沼の中からでも何かをつかみ取るか、全ては君にかかっている」

専務の言葉を信じて野崎は耐えた。その専務は野崎の父の同期だったと後で知った。そして三年後、専務によって野崎は支店勤務に戻ることができたのだった。

野崎は夜景を見て思った。出向の三年間は、自分の血となり肉となっている。決して無駄ではなかった、と。

翌日、野崎は検査部を訪ねた。

「検査部では、山田エージェンシーのことを摑んでいたにも拘《かか》わらず、調べを止めたと聞きました。なぜです？」

「私は直接知りません。前任から引継ぎ事項は、『この会社を調べるな』というものでした」

部長の渡辺は歯切れの悪い返答をした。

「その指示はどこから？」

「それは……」

「それを調べるのが本来の検査部の仕事でしょう？」

渡辺はじっと考えた。そしておもむろに口を開いた。

「本気で調べる気ですか？」

「はい」

野崎はキッパリと言った。

「先日、林専務の部屋であなたの言葉を聞き、雷に打たれた気がしました。本当にあおぞらを変えることができるかもしれない、そう思いました」

渡辺は野崎を見た。野崎はその真っ直《ます》ぐな視線を受け止めた。

「私が知っていることを話します」

「お願いします」

「山田エージェンシーについては、前任の笠原《かさはら》部長の時に調べたそうです。やはり大企業ばかりの営業一部では目立ちますからね」

「はい」

「調べていくうちに、山田エージェンシーのバックには東都《とうと》政策研究室という政治団体がいるところまでわかりました。しかし、そこで圧力がかかったようなんです」

「圧力……」

「はい。検査部にはさまざまな圧力がかかります。だがそんなことを気にしていたら業務はできない。取締役からの圧力なら完全に排除できる。常務クラスも可能です。しかし……」

「専務や頭取が関与していると？」

渡辺は一瞬迷った顔をしたが、意を決したように続けた。

「あるいは経営会議の総意」

「経営会議……？」

経営会議は、代表権を持つ社長・副社長・専務などで構成される、銀行の最高意思決定機関だった。取締役会はセレモニーの色合いが強く、重要な案件はこの経営会議で決定される。経営会議の総意だとすると、頭取や専務が関与している可能性が高い。野崎は事の重大さに背筋が寒くなる思いがした。

「フーッ」と野崎は大きく息をついた。「まいったな。まさにあおぞら本体そのものじゃないですか」

渡辺は立ち上がった。

「法律上、取締役の業務を監査し、株主に報告する権限を与えられているのは監査役しかおりません。ぜひとも新しいあおぞらへ導いて下さい。あなたにはそれができそうな気がします」

渡辺はそう言って頭を下げた。

「それには一人一人の行員の意識改革が必要です。私に協力して下さい。たとえあなたにリスクが降りかかることがあっても」

「私は検査部にいる立場上、この銀行の危機的な状況はよく理解しているつもりです。……ただ行動を起こすためのきっかけを見つけられずにいました。……検査部でできるだけのことはやりましょう」

「ありがとうございます」

野崎の差し出した手を渡辺はガッチリと握る。

監査役になって初めて、野崎に協力者ができた。


野崎は営業第一部長の鬼塚を呼び出した。

「呼びつけられたので参上しました」

監査役室に来た鬼塚は、不遜な態度を隠そうともしない。

「山田エージェンシーに対する疑惑が固まってきました。あなたも返答次第で厳しい立場になります」

野崎は、鬼塚の前に山田エージェンシー、山田商事、山田興業などの入出金記録などをまとめたものを置いた。検査部の渡辺の力も借り、野崎は山田エージェンシーが持っている百以上の匿名口座を突き止めていた。

「資金の流れはほぼわかりました。営業一部では、山田エージェンシーに五億円の短期の融資が行われている。期日ごとに書き換えるので、事実上は譲渡と同じ。山田エージェンシーは、その五億をダミー口座に移し、証券会社と組んで証券運用する。おそらく仕手戦を仕掛けているのだろう。そこで出た利益を、百以上の匿名口座に分散して所得隠しをする。そういうことですね」

鬼塚の顔から余裕の笑みが消えた。

「私が知りたいのは、山田エージェンシーのバックです」

「バック……？」

「山田エージェンシーの社長には、確かに危険な匂いがしました。だが、所詮は底の浅そうな小物。裏に大物がいるはずです。そうでなければ五億円くらいで仕手戦は仕掛けられない」

「何を言っているのかわかりません」

鬼塚は薄笑いを浮かべて小馬鹿にしたような口調で言った。

「東都政策研究室。それがバックですか？」

野崎が言うと、鬼塚の顔に焦りの様子がありありと浮かんだ。

「私にはわかりかねますが……」

鬼塚の額から汗が溢れた。

「なぜですか？　営業一部の取引先ですよ」

「山田エージェンシーに関する決裁は、全部、阿部取締役です」

「そんなはずないでしょう？　阿部さんは役員になったばかりだ。その前は支店統括第四部長です。営業一部の案件を決裁しているはずがない」

「しかし、そうなんだからそうとしか言えませんよ」

鬼塚は必死に流れ出る汗を拭きながら答えた。

「あなたは、林専務の大学の後輩で、娘婿でもありますよね？　この案件、林専務が関わっているのではないですか？」

野崎の問いに、鬼塚は何度も首を振った。完全に焦りが動きに現れていた。

「そんなことはない！　私が指示を受けたのは阿部取締役です！」

「わかりました。調べればすべてわかることです」

野崎は手で帰るように促した。

帰ろうとした鬼塚が振り返って言った。

「もう調べる必要はなくなると思いますよ。……阿部取締役は、山田エージェンシーへの不正融資の責任を取って辞めると聞きましたから」

「えっ？　阿部君が……？」

鬼塚は不敵な笑みを浮かべ、監査役室を出て行った。

どういうことなのだろう。取締役になったばかりの阿部が営業一部の案件を決裁しているはずがない。それなのに、どうして責任を取って役員を退任するというのだろう。

「ちょっと出てきます」

野崎は美保に行って監査役室を出た。


阿部は自分の部屋にいた。げっそりと疲れた顔をしている。頬は削《そ》げ落ち、目の下にはクマができている。しかし、そんな顔をしていても、眼光だけは鋭く光っていた。

「山田エージェンシーの件、詳しく教えてもらえないか？」

阿部は少し笑った。

「まだ言っているのか。……野崎さん、あんたは何にでも首を突っ込み過ぎだ。世の中には知らなくてもいいことがあるんですよ」

「首を突っ込むのが監査役の仕事でね」

「少し気分が悪いんだ。出ていってくれないか？」

野崎はじっと阿部を見た。

「何かあったのか？　顔色が悪い」

「あんたには関係ない」

「辞めさせられそうになっているんじゃないのか？　トカゲの尻尾みたいに、切られそうになっているんじゃないのか？」

「どこからそんな話を……」

「俺に真実を話してくれないか？　悪いようにはしない」

「あんたに何ができる」と阿部はバカにしたように笑った。「派閥もない。金もない。影響力もない。あんたができるのは、行内を嗅ぎ回り、人の粗を探すことぐらいだ」

「君を楽にすることはできる」

「何をバカなことを」

野崎は机の正面に立ち、じっと阿部を見た。

「君はいずれ真実の重みに気が付き後悔する。そういう男だ」

突然、阿部が興奮して立ち上がった。

「何がわかる！」

「わかるさ。君を部下として見てきたんだから。……君は常に自分を大きく見せようとして、結局はその見栄《みえ》に押しつぶされた。嘘をつき、その嘘に縛られてきた。そうだろう」

阿部は項垂《うなだ》れるように再び椅子に座り込んだ。

野崎は続けた。

「だが、君は本来、生真面目で正直な男だ。そろそろ自分に素直に生きたらどうだ。君は最後まで自分に嘘をつき通せるような人間じゃない」

「帰ってくれ！」

阿部が手近な書類を野崎に投げつけた。

野崎は黙って背を向けた。そして部屋を出ようとして振り向いた。

「私の部屋のドアは常に開いている。いつでも話しにきてくれ」

「山田エージェンシーは、どうやら総会屋のような動きをしていたようですね」

野崎と検査部長の渡辺は誰もいない役員会議室で話していた。ここは月に一度程度の取締役会が開かれる時以外は使われることはない。誰にも話を聞かれたくない時にはうってつけの場所だった。

夕暮れ時を迎え、役員会議室から見た丸の内のビルの窓には、ところどころ明かりが灯《とも》り始めていた。

「総会屋ですか……」

総会屋とは、少数の株を保有し、株主としての権利を悪用して会社などから不当に金品を受け取ろうとする者および団体のことだ。

多くは、大手銀行や一流企業に食い込み、株主総会に出席し、議事進行を声高に妨害したり、妨害することをほのめかして会社から多額の利益供与を受ける。会社側は、総会が荒れて長引くことでネガティブな報道をされ、イメージが悪くなることを恐れて金品を支払う。総会屋の中には、企業の決算書類を分析したり、情報収集したりしてスキャンダルを探り出し、それをネタに企業側に利益供与を求めるグループもあった。

「五億円は、総会屋として動かないことへの謝礼というわけですかね」

「というより担保でしょう。いざという時、あおぞらに切られないように、尻尾を摑んでいるんです。本店営業部が融資していたとなれば、上層部が知らないわけがない。支店がやったこと、という言い訳は通用しませんから」

「なるほど。一蓮托生《いちれんたくしょう》というわけか。狡猾《こうかつ》だな……」と野崎は唸《うな》った。「バックの東都政策研究室という政治結社について、何かわかりましたか？」

「政府民自党と深い関わりがあるという噂ですが……、そこでぱったりと情報が切れてしまいます。相当ガードが固いようですね」

「総会屋に政府か……。何だかキナ臭くなってきましたね」

タクシーは夜の品川駅前を抜け、海の方向へ向かった。

湾岸エリアのマンションが立ち並ぶ一角で野崎はタクシーを降りた。この辺りに阿部の自宅マンションがあるはずだった。

総合企画部で一緒に働いていた時、阿部は幡ヶ谷《はたがや》の社宅に住んでいた。阿部と終電過ぎまで飲んだ時、何度か送って行ったことがある。妻の美里《みさと》が笑顔で出迎えてくれた。温かそうな家庭だと思った記憶がある。

エレベーターでタワーマンションの二十三階へ上がった。

阿部の部屋のチャイムを押す。返事はない。

野崎はドアノブをそっと回した。カギはかかっていなかった。中を覗き、「阿部君！」と声をかけた。

「帰ってくれ！」

阿部の声が奥から聞こえた。

野崎は中に入った。

眼下に湾岸エリアの夜景が広がるリビングのソファに、阿部は一人で座っていた。

憔悴《しょうすい》した顔で、バーボンの瓶を握り締めている。

「君が病気療養に入ったと聞いてね。心配で様子を見に来た」

阿部は振り向きもせずにバーボンを呷《あお》った。

「君の後釜は鬼塚部長ってもっぱらの評判だ。……山田エージェンシーの件、林専務が関係しているのか？　専務と鬼塚に、君はハメられたんじゃないのか？」

阿部は何も言わない。

「阿部君、このままだとすべて君の責任にされ、そのまま任期切れで放り出される」

「うるさい」と阿部が呟いた。

「全てを話してくれないか？　銀行を一緒に立て直そう。あおぞらをよくするためには君の力が必要だ」

阿部はバーボンの瓶を壁に投げつけた。

「うるさい！　うるさい！　うるさい！」

瓶は壁に当たって鈍い音を立て、そのまま床に転がった。バーボンがフローリングの上にまき散らされ、強いアルコールの匂いが部屋に充満した。

「帰ってくれ」

阿部はアルコールで濁った眼で野崎を見ていた。

「帰れ！」

「わかった」

野崎は部屋を出ようと背を向けた。

「君の心を癒せるのはすべての真実を明らかにすることだ。……銀行で待っている」

それだけを告げ、野崎は部屋を出た。


阿部の部屋を出て、夜の海沿いの道をしばらく歩いた。

やがて古い商店街にぶつかる。開発されてお洒落《しやれ》になった湾岸地区にも、まだまだ古い通りは残っていた。

野崎は人いきれで充満する立ち飲み屋に入った。このまま帰る気にはなれなかった。

冷や酒を呷ったが、阿部のことが頭から離れない。

阿部はあおぞら銀行に人生を捧げてきた。最愛の妻と離別してまで出世を望んだ。ラムアの一件があり、野崎が出向させられたのを見て、自分もいつかああなるのではないかと恐怖を覚えたことが異様なまでの出世への執着心に繋がったのだろう、と野崎は感じた。

安酒独特の人工的なアルコールの甘みが喉に張り付く。

今、その阿部が、すべての罪を着せられ、放り出されようとしている。

「自分も同じだ」と野崎は思った。

サラリーマンなら誰しも出世を望む。野崎だってそうだった。それが悪いとは思わない。しかし、そこまで組織に自らを捧げて、一体、何が残るというのだろう。

身体にアルコールが回ってくる。思考が沈殿し始めた。脳裏に若い頃のことが蘇《よみがえ》る。

総合企画部で、野崎と阿部は先輩と後輩だった。年齢が近いこともあり、よく一緒に酒を飲み、あおぞら銀行の、そして日本の未来を語り合った。同じプロジェクトを手掛け、二人で取引先を駆けずり回り、頭を悩ませながら銀行で夜を明かしたことも一度や二度じゃない。

野崎が次長になった時、誰よりも喜んでくれたのは阿部だった。

「俺も続きます」と祝賀会で目を輝かせていたのを今も覚えている。思いたくはないが、それがラムア事件での勇み足に繋がったのかもしれない。

野崎と阿部は同じ場所にいた。運命の歯車のちょっとしたかみ合わせで、たまたまこうなっているだけで、野崎が阿部の立場になっていても、何の不思議もなかったのだ。

野崎は安酒を痛飲した。いつまでたっても心地よい酔いは巡ってこなかった。

何とか阿部を救ってやりたい――、野崎は思った。

「おはよう」

翌朝、監査役室に出勤した野崎に、美保が雑誌を差し出した。

「大変です！　これ見て下さい！」

美保が差し出したのは、煽《あお》り記事の多いゴシップ雑誌だった。野崎は表紙を見る。

『スクープ！　あおぞら銀行とYエージェンシーの不可解な関係！』

そんな見出しが躍っていた。

野崎は慌てて記事を見る。

『あおぞら銀行本店にYエージェンシーという取引先がある。資本金わずか一千万円のこの会社に、あおぞら銀行は無担保で五億円もの融資をしている……』

「なんてことだ。どこから情報が」

思わず強い口調で言った。そこにタイミングよく電話が鳴った。検査部の沖田からだった。

「よう。読んだかい？」

「この記事の出どころはお前だな？」

「あんたが金を出さないからだ。そんなゴシップ雑誌、誰も信用しないだろうが、今度は新聞社に情報を流すぜ」

「貴様……。一切、金は払わん。それが俺の答えだ」

野崎は電話を切った。

「野崎監査役」と美保。「先ほど、エレベーターで林専務と鬼塚部長が話しているのを偶然聞いてしまったのですが……」

「何ですか？」

「昨夜、阿部取締役が、東京地検特捜部に呼び出されたそうです」

「それは本当ですか？」

野崎は驚いて言った。


「私も朝聞いた。阿部取締役が東京地検特捜部に事情聴取をされたのは本当らしい」

専務室へ飛び込んだ野崎に、専務の林は言った。

専務室には鬼塚もいた。

野崎が阿部のことを訊くと、林はあっさりとそう言った。

言葉を失う野崎に、林は続けた。

「野崎君……。彼に会って、東京地検で何を訊かれたか、聞き出してくれないか」

「よく私にそんなことが頼めますね」

野崎は冷ややかに言った。

「君は彼の友人であり、取締役の業務監査をする立場にある。阿部君が地検から事情を訊かれることになった責任の発端は、君にもあると思うんだがね」

野崎は軽蔑を含んだ目で林を見た。

「あなたは、そうやって責任逃れをして、そこまでの地位を得たのですか?」

「君、口の利き方に気をつけたまえ」

林が怒気を含んだ声で言った。

「今回の件は、阿部取締役が単独でやったんです。専務を責めるのはお門違いですよ」

と鬼塚が言った。

「失礼します」

怒りを抑えながら、専務室を後にした。


野崎はその足で阿部の許へ向かった。彼が今、どんな心理状態でいるのか、考えただけで胸が痛んだ。

湾岸のタワーマンションのエレベーターを上がる。チャイムを押しても返事がない。諦めて帰ろうとした時、やってくる人影に気が付いた。阿部の元妻の美里だった。


「阿部に何があったんですか?」

近くの喫茶店に入ってすぐ、美里は野崎に訊いた。

美里は元あおぞらの行員で、阿部の二期下だった。野崎たちと同じ総合企画部にいたので、もちろん野崎もよく知っていた。

「一昨日、急に電話が来たんですけど、私、出られなくて……。向こうからは滅多に電話が来ないから気になって、何度か電話したんです。でも、連絡がつかないので直接来ました」

「そうだったのか」

「ラムアの件があってから、阿部はかなり荒れました。だんだんと暴力を振るうようになって。私が耐えられなくなって家を出ていったんです」

「うん」

「あの人は野崎さんのように生きたかったんだと思います。いつも自然体で、自分の正義を持っていて、いつの間にか周りに慕われて、責任ある仕事をなさっている」

野崎は苦笑した。

「買い被り過ぎだよ」

「阿部が野崎さんを目の敵にしていたのは嫉妬の裏返しだと、私は思います」

美里はそう言って寂しそうに微笑んだ。

「阿部をよろしくお願いします」

美里は頭を下げた。

「彼を好きなんだね、今でも」

「阿部は真面目で、正直で。不器用なんです。人を出し抜いたり踏み台にしたりできるような人間じゃないんです。人にいつも刃を向けているようで結局自分を傷つけている。そんな人間なんです……。お願いです。助けてあげて下さい」

美里は涙を浮かべ、再び頭を下げた。

阿部のマンションの見張りを石橋に頼み、野崎は新宿へ向かった。

電車の中で野崎は阿部を思う。サラリーマンなら出世のことを気にしない人間はいない。それを表に出すか出さないかの違いだ。

「人間はもっと欲望に正直なドロドロしたものじゃないですか！」

そう言った阿部の顔が脳裏に浮かんだ。しかし野崎は思う。自分を殺して出世したところで、その先に一体、何があるというのだろう……。

新宿で電車を降りる。

西口から出て、高層ビルの並ぶオフィス街を通る。その中の一つ、雑居ビルの前に野崎は辿《たど》り着いた。

「ここだ」

五階を示すポストの名前の欄に『東都政策研究室』と書かれていた。検査部長の渡辺が、山田エージェンシーのバックにいるかもしれないと言っていた政治結社だった。

直接来たところでどうにかなると確信があったわけではないが、阿部を助けたいという思いから、野崎は衝動的にやってきたのだった。

五階へ上がる。鉄のドアに『東都政策研究室』と書かれたパネルが貼り付けられていて、ドアの横には『海藤義巳』という重々しい表札が掲げられていた。海藤義巳という名前は、山田エージェンシーの謄本にも載っていた。

「しかし……、やはり勇み足だよな」

ドアを見て、野崎は冷静にそう思った。確たる証拠もない今、ここであおぞらとの関係を問《と》い質《ただ》したところで先に進めるとは思えなかった。

野崎は帰ろうと振り返る。

その前にスーツ姿の屈強な男が三人、立ちはだかった。


野崎は強面《こわもて》の男たちに部屋の中に強引に連れ込まれた。抵抗する間もなかった。

部屋の中に投げ出され、ドサッと膝をつく。

部屋の壁には、これまでの東都政策研究室の総帥なのだろうか、和服姿の老人たちの写真が額に入ってズラリと並んでいる。

その前に立派な木製の机があり、革張りの椅子に和服姿の一人の男が座っていた。男は髭《ひげ》をたくわえ、恰幅が良く、他を圧倒する迫力を湛《たた》えていた。海藤義巳だと直感した。

海藤の冷たい目が野崎を見下ろしていた。野崎は足がすくんだ。背筋を冷たいものが降りていく感触を覚えた。

「総帥、こいつが部屋の前でうろついていました」

男の一人が言った。

「私は東都政策研究室総帥の海藤だ。……何だ、お前は」

海藤は野崎をじっと見たまま言った。野崎は咄嗟に声が出なかった。まるで蛇に睨まれた蛙だ。

「名前くらい名乗れ」

「あの……、あおぞら銀行監査役の野崎修平です」

野崎はやっとの思いで名乗った。

「かんさやく？　そんなものが、何の用だ」

野崎は腹を決めた。ダメもとで当たってみるしかない。

「山田エージェンシーの件で来ました」

海藤の眉毛が一瞬、ピクリと動いた。

「バックはあなたですね」

「なぜそう思う？」

「山田エージェンシーの謄本にあなたの名前がありました。それに山田は小物にしか見えないが、あなたには迫力がある」

「ふん。世辞か」

「あおぞらから手を引いてくれませんか？　今、山田エージェンシーに関して地検の事情聴取も受けていいます。近いうちに捜査が入るかもしれません。ですから、もう、山田エージェンシーに融資することはできません」

海藤はじっと野崎を見下ろした。

「早急に手を引いていただかないと、こちらにもご迷惑がかかるかと……」

口の中がカラカラだ。野崎は必死に声を出した。

「わかった」と海藤は立ち上がった。「山田は切る。すぐに代わりの会社を指示する。そこに同じ額を融資しろ」

「それは……受けられません」

海藤がギロリと野崎を見た。

一瞬怯《ひる》む野崎。しかしすぐにその目を見返して言った。

「私は取引をしにきたのではありません。今後、ウチとの関係を切ってもらいたいんです」

海藤は野崎を見下ろした。そしてスッと右手を出した。

意外な行動に野崎が戸惑う。

海藤はそのまま右手を伸ばし、野崎の喉元を的確に摑んだ。野崎は抵抗しようとしたが、急所を摑まれ力が入らない。確実に人の殺し方を知っている動きだった。うめき声をあげる野崎。ものすごい力だ。息もできず、野崎は体が一気に硬直していくのを感じた。

「殺される」

恐怖が野崎を襲う。

海藤は手の力を緩めた。口からよだれが流れ落ち、変な音の呼吸が続く。恐怖のあまり、体に力が入らず、震えが止まらない。

「俺たちに意見できると思わない方がいい」

海藤は野崎の耳元で言った。

男たちが野崎を担ぎ、部屋の外に放り出した。

野崎はやっと立ち上がると、ヨロヨロとその場を離れた。

阿部のマンションへ向かう間もずっと恐怖が付きまとってくる。「俺たちに意見できると思わない方がいい」といった海藤の声が耳にこびりついていた。

しかし、ハッキリしたことがあった。東都政策研究室は山田エージェンシーと明らかに関連がある。

「しかし……、あんな相手と渡り合えるのだろうか……」

野崎の脳裏に再び恐怖が蘇った。

阿部のマンションの前で石橋と落ち合う。

「阿部さん、戻っています」

野崎は阿部の部屋に向かった。

「怖かった。死ぬかもしれないと思った」

阿部に事情を話した野崎は震える手で水を飲みながら言った。

「あんた、バカだな」と阿部は鼻で笑った。「正義漢ぶったところで、所詮は一会社員なんだよ」

阿部は瓶のバーボンをグラスに無造作に注ぎ、不味《まず》そうに呷った。

「だからってこのまま放っておくわけにはいかない。今はそんな甘い時代じゃない。このままではあおぞらはダメになってしまう。全てを話してくれないか。俺はあおぞらを立て直したいんだ」

「信用できないね、誰も」

阿部が再びバーボンを呷った。

「だいたい一人で何ができる？　派閥もなければ後ろ盾もないのに」

「一人でもできることがある。監査役は商法で守られているんだ。ことと次第によっては、現経営陣を訴えることもできる。監査役は違法行為をした役員に対して会社を代表して損害賠償を請求する権利がある」

「訴える……？」

「そう。たとえそれが頭取であってもだ」

それを聞いた阿部は笑い始めた。その声は次第に大きくなっていく。

「ハハハ……、あんたはバカだ。底なしのバカだな」

「そうかな」

「そうだろう。海外からも市場からも、これだけ銀行が叩かれている。そんな時に監査役が頭取を訴える？　その段階で銀行は潰れる。あんた、銀行を潰す気か？」

「どのみち経営を誤った銀行は潰れる」と野崎は言った。「山一證券を見ろ。北海道拓殖銀行を見ろ。みんな潰れた。その後で訴訟が起きている。会社があるうちに、もう少し勇気を出して訴訟を起こしていれば、もしかしたら道はあったかもしれない」

「そんなのは結果論だ！」

阿部は興奮して言った。

「そうかもしれない」と野崎は言った。「確かに一行員では何もできないかもしれない。だが、たとえ非力でも、権限がある者が立ち上がるべきだ。そうしないと何も変わらない。違うか？」

阿部は野崎を見た。

「自分たちを特権階級と驕り、世間の常識から外れる者たちは、いずれその報復を受ける。あおぞらを立て直す最後のチャンスが今なんだ」

野崎の言葉に、阿部は驚きの表情を浮かべた。

「本気なのか？」

「ああ」

阿部は寂しそうに笑った。

「やっぱり俺はあんたのようには生きられない」

「そんなことはない。全て話してくれ」

阿部は俯き、震える唇で絞り出すように言った。

「俺は山田エージェンシーのことは、取締役になるまで知らなかったんだ。しかし、山田エージェンシーへの決裁は、過去からすべて俺が行ったことになっている。……林専務と鬼塚にハメられたんだよ」

6

「監査役として現経営陣を訴える？」

あおぞら銀行顧問弁護士の我妻《あがつま》は怪訝そうな顔で野崎を見た。

野崎は我妻の事務所を訪ねていた。我妻はもう長いことあおぞらの顧問弁護士をしているという。おそらく七十近い年齢だろう。痩せて背が低く、真っ白な頭髪を後ろに撫《な》でつけている。虎ノ門のビルの中にある我妻の事務所の応接室からは、国会議事堂が一望できた。

「可能性を聞いているだけです。果たして本当にできるのかどうか、と」

「法律で大切なことは、実は条文に書いていない事柄なのです。条文を鵜呑《うの》みにしても意味はありません」

我妻は、一見柔和な笑顔を浮かべて言った。

「それは、実務上、難しいということですか？」

「ホッホッ。ご自身を考えてごらんなさい」と我妻は言った。「あなたは今の経営陣に役員に引き上げてもらった。そんなお歴々を、あなたは訴えられますか？」

「はい？」

「犬だって三日飼われたら恩を忘れないと言いますよ。……それにあなたの処遇だって困るでしょう。頭取を訴えた監査役を受け入れる子会社があるとは思えない」

「つまり、第二の職場もなくなると言いたいわけですか」

「それだけじゃない。監査役が頭取を訴えた、なんてことになったら、次の株主総会は大荒れだ」

「でしょうね」

「その前に、優良企業は離れ、金融市場の信用も失墜し、その結果……」

「あおぞらは消滅……」と野崎。

我妻は「うむ」と大きく頷いた。

「銀行のためと思ってしたことが銀行を潰す。そんな矛盾、あなたは許せますか？」

「あくまで可能性の話です」

「そんなことを考えている暇があったら、あおぞらの現状をどうするか考えることですな」

我妻はあくまでも柔和な笑顔を崩さずに言った。

我妻に会って現経営陣を訴える相談をしたと野崎が話すと渡辺は驚いた。

日が暮れかけて薄暗くなった役員会議室には、夕日が斜めに長く差し込んでいた。

「彼は頭取のブレーンですよ？　どうしてそんな男に相談を？」

「相談半分、警告半分ですよ」

野崎は笑顔で言った。

「では、頭取に話が行くことを承知で……」

「頭取の出方で、どのくらい関わっているかわかりますからね」

「なんて大胆な……」

渡辺が呆《あき》れた顔で言った。

「これくらいしないと頭取の関与はわかりませんよ」

「肝が据わってるんだか、天然なんだか」

渡辺は思わず笑った。

「ところで、海藤義巳について何かわかりましたか？」

「彼はケチな政治ゴロではありませんね。若い頃、丸菱《まるびし》銀行立てこもり事件などを起こして逮捕されたこともあるようです」

渡辺は声を潜めて言った。

「ああ、それだ。どこかで聞いた名前だと思ったんです。私が銀行に入った年の出来事ですよ」

「釈放後、政財界の影の大物と言われた故阪堂栄三郎《さかどうえいざぶろう》に拾われて弟子となり、彼の死後、人脈と金脈を引き継ぎました。山田など、彼のお使いに過ぎません」

「政財界のフィクサーってやつですか……。厄介な敵ですね」

野崎は腕を組んで言った。


自宅に帰った野崎のもとに、阿部の元妻の美里から電話が来た。

「また阿部と暮らすことになりました」

電話の向こうで美里は言った。

「彼は言いました。全てを失ったって。だから私、また一緒にイチから始めようって……、そう言いました」

美里の声は嬉しそうだった。

「きっと彼はずっと無理をしてきたんだと思います。これから二人でのんびり暮らすつもりです」

「阿部をよろしく頼む」

野崎はそう告げた。

翌日、野崎は頭取の京極に呼び出された。先日の我妻の件があったので、野崎は緊張しながら頭取室へ向かった。

「君とゆっくり話すのは初めてでしたね」

応接ソファに座った京極は、お茶を飲みながら野崎に言った。ふくよかな顔は、いつもと同じように微笑んでいるように見えた。

「はい」

「どうですか、監査役の仕事は」

「非常にやりがいを感じています」

「それはよかった」

京極は立ち上がった。

「上に行きましょうか」

「上……ですか？」

京極はそのまま部屋を出ていく。

野崎も慌てて後をついて行った。

最上階の頭取室を出て廊下を進む。突き当りにあるドアを開けると、屋上へ続く階段が現れた。京極はその階段を昇っていく。

屋上には庭園があり、一番奥に小さな社があった。

その前で、京極と野崎は並んで柏手《かしわで》を打つ。

「高層ビルの屋上に神社の社があるなんて、外国人には理解できないでしょうね」

京極は愉快そうに笑った。

「かねがねお聞きしたいと思っていたのですが、どうして私を監査役に選任したのですか？」

「不満ですか？」

「いえ、ただ私は出向するものとばかり思っていましたから」

「君はあおぞらをどう思いますか？」

「非常にいい銀行だと思っていました」

「過去形かね」

「私は入行以来、あおぞら銀行の行員であることに誇りを持ってきました。自由闊達《かったつ》でお客様に役立つ銀行だと」

屋上を強い風が吹き抜けた。野崎の髪が風で乱れた。

「しかし、バブルの頃から変わってしまいました。誰もが利益を上げようと無我夢中でした。顧客を陥れようなんて思った人間など一人もいない。でも、結果的には多くの人達を苦しめることになってしまいました。銀行のした多くの不祥事も表沙汰になりました。多くの銀行員が自信を失いました。自分はやっていない、でも自分がしていても不思議はなかった。誰もが犯罪者になる可能性があったのです」

京極の視線が屋上の庭園に向けられた。青空の中の緑の庭園は、まるで空中に浮いているように見えた。

野崎は続ける。

「問題は誰も責任を取ろうとしないこと、そして隠すことです。結果、顧客離れを起こし、市場からの信頼も失い、銀行が三流会社になってしまいました。……信用を築くには永遠ともいえる長い時間が必要です。しかし、それを失うのは一瞬です。今の銀行はまさにその状態です」

「君はペシミストですね」と京極は微笑んだ。

「そうかもしれません」と野崎は言った。「無論、単純に頭取や役員が辞めればいいという話ではありません。危機感を持って銀行の体質を変え、それを内外に公開する姿勢、それこそ必要なことだと信じています」

京極は振り返り、野崎を見据えた。柔和な表情は崩さないが、その目は笑っていなかった。

「今どき、私にそれだけハッキリとものを言える人間は少ないですね」

「ご無礼をお許しください」

「いや、いいんです。だからこそ君を監査役に選んだのだから。がんばって下さい」

野崎は頭を上げた。京極の表情は、いつもの優しそうな顔に戻っていた。

「山田エージェンシーは単なる手先でした。バックには東都政策研究室という団体がおり、政府民自党とも繋がっているという話です。……この先、調査を続けてもよろしいでしょうか？」

「無論です。全てを明るみに出して下さい」

京極はあくまでも笑顔を崩さずに言った。

7

あおぞら銀行本店の役員専用フロアが騒がしいことに野崎は気が付いた。役員や秘書が、落ち着きなく走り回り、そこかしこでヒソヒソ話をする姿が見られた。明らかにいつもと雰囲気が変わっているのを野崎は感じた。

野崎は美保に「何だい？　みんな騒がしいけど」と訊いた。

「よくわからないんですけど、何でも一度出向した役員が専務としてまたあおぞらに戻ってくることになったそうです。その人が破天荒な人らしくて、みんな情報収集に躍起になっているみたいですよ」

美保は朝の掃除をしながら言った。

「新しい役員か」

「かなりの武闘派だという噂です」

「武闘派？　そんな人物が役員に？」

時期外れの、しかも専務の人事という噂に野崎は妙な胸騒ぎを覚えた。

京極に「調査を続ける」と宣言したものの、山田エージェンシーの件は、完全に八方塞がりになっていた。

取締役会で阿部の休養が報告された。このままの状態で、任期切れとともにあおぞら銀行を去ることになるのだろう。阿部の代わりに、臨時の取締役として鬼塚が推薦され、了承された。

阿部から「林専務と鬼塚にハメられた」という証言を引き出したものの、それだけでは二人を追及することはできない。

確たる証拠を掴もうと、山田エージェンシーの方面から調べを進めようとした野崎だが、そこで驚くべき事実に直面した。

すでに山田エージェンシーは解散し、会社自体が跡形もなく消えていたのだ。

「なんてことだ」

本店営業一部にあった山田エージェンシーの資料もすべて削除されていた。もう、そこから東都政策研究室を辿ることはできなくなってしまった。

「これは悪質な隠蔽だ」

野崎は鬼塚に詰め寄った。

「私は知りません。すべて阿部さんの決裁で行われたものです」

鬼塚は阿部にすべてを擦《なす》り付けて開き直った。

「どうしたらいいのか」と野崎は考えたが、突破口は見つからなかった。

そんな時、野崎のデスクの電話が鳴った。

「よう、監査役。情報を買う気になったかい？」

電話の向こうから検査部の沖田の声が聞こえた。


本店の地下駐車場の奥のスペースで、野崎は沖田と会った。

普段、駐車場の奥には誰も来ない。埃《ほこり》と排気ガス、そしてタイヤの匂いがした。

「いくら連絡してきても、お前に金は払わない」

「せっかく気を使ってこっちからかけてやってんのに」と沖田はククと笑った。「なんだかんだ言って、ここに来たってことは、行き詰まってんだろ？」

沖田の言うとおりだった。

「山田エージェンシーが解散して、阿部のオッサンも飛んじまって、にっちもさっちも行かないもんなあ。まあ、不正をしたのは阿部のオッサンだろ。自業自得さ」

「貴様！」

野崎は沖田の胸倉を掴んだ。

「暴力は止めてくれよ」

沖田は野崎の手を逃れ、スーツの襟を直して言った。

「今の銀行を腐らせたのはあんたらの世代だろ。あんたら、銀行のためにいったい何をしたんだ」

野崎は沖田を睨みつけた。

「何も知らないクセに勝手なことを言うな」

「何も知らないから真実が見えるんだよ。あんた、G1計画を知っているか?」

「なんだそれは」

「金を用意しろ。情報は買うもんだ。危険を冒すのはバカのすることだぜ」

「失せろ」

野崎は吐き捨てるように言った。

沖田は薄ら笑いを浮かべ、去っていった。コツコツ……とコンクリートの床を歩く靴音が響いた。

野崎は監査役室に戻った。

沖田にはああ言ったものの、阿部が去り、山田エージェンシーが消えた今、野崎に打てる有効な手はなかった。

「そうはいっても、沖田に金を払うわけにはいかないし……」

椅子に凭れて考えていると、美保が野崎を呼んだ。

「野崎監査役、お客様です」

野崎はドアの方に視線を向けた。

一人の男が立っていた。

「君が野崎君か」

男は言った。

「はい……」

野崎は身構えた。

「今度、あおぞらに戻ることになった武田真吾だ」

男の野太い声が監査役室に響く。

野崎は、この人物が武闘派の新役員なのか、と思った。

身長180センチは越えているだろう。がっしりとした体軀《たいく》。太い眉に髭を蓄え、黒々とした髪の毛をオールバックに流していた。ギロリと光る眼には、並々ならない生命力を湛えている。

とても銀行員とは思えない風貌は、まさに武闘派といった印象だ。

「おめでとうございます」

「ちょっといいか」

武田は言った。

「こんな場所ですまない。すぐに今の会社に戻らなければならないもんでな」

武田は地下の駐車場に停めた車の後部座席で野崎に言った。運転手は武田に言われて外に立っている。

「現役員としての君の意見を聞いておきたい。何か現業務において問題はあるかね？」

「報告できるものは特にございません」

「現役員を訴えると聞いたが」

武田の低く太い声が車内に重々しく響いた。

「法的解釈を弁護士さんに聞きに行っただけです」

「そうか」

武田は意味有り気に笑った。そして野崎の方に向き直って言った。

「私はあおぞらを変えようと思っている」

武田は自信に満ちた表情で前方を見据えていた。

「銀行には無駄が多すぎる。君も出向していたんだからその辺はわかるだろう」

「はい」

「業務を絞り、店舗を減らし、人を減らす。それもドラスティックにだ。……どうだ、協力してくれるか？」

「無論です。私も一役員としてあおぞらの立て直しには全力を尽くす所存です」

突然、武田は野崎のネクタイを摑んで顔を引き寄せた。

「ならば、私の派閥に入るな？」

「えっ……」

「私はほどなく頭取になる。私の派閥に入っていれば間違いはない。……いいな」

武田がネクタイから手を離した。

野崎は少し黙った後、おもむろに口を開いた。

「監査役という業務上、派閥に属するというのはふさわしくないように思います」

武田はカッと目を見開き、野崎を見た。

「それは断るということか？」

「申し訳ございません」

二人はしばし沈黙した。

武田はポケットからタバコを取り出し、火をつけた。チリチリと先端が焼ける音がする。

「一番最初に手をつけようと思っているのは人員削減だ。それも人件費の高い役員のクビを真っ先に切る。そうしないと、一般行員には手を付けられないからな」

武田が煙を吐き出しながら言った。

「そのとおりかと」

「今いる役員四十名を半分にすべきだ。……どうだ？」

「結構かと存じます」

武田はフフフと低い笑い声を立てた。

「もう一度質問する。俺の派閥に入るな？」

「申し訳ございません」

「欲のないヤツだ」

武田はタバコを灰皿でもみ消した。

「俺は欲のねえ人間は信用しねえ。嘘つきだからな」

「……どうして私に声を？」

「出る杭の噂ってのはすぐに広まるんだよ。現役員を訴えようとするなんて、まともじゃねえからな。そこに俺と同じ匂いを感じたんだ」

武田は愉快そうに笑った。

「もっとも俺は言うことを聞かない杭に興味はない。容赦なく引っこ抜く。お前は一期三年で終わりだ」

「失礼しました」

野崎はドアを開け、車を降りた。

入れ替わりに、運転手が運転席に滑り込む。

武田は窓を開けた。

「もう少しうまく生きるんだな」

「私は自分に正直に生きたいと存じます」

「ふん」

車は走り去った。

野崎は走り去る車のテールランプを見ながら「一期三年のうちにできることをやらねば」と思った。

二日後、臨時取締役会が開かれた。

「武田君には専務として戻ってきてもらいます」

冒頭の京極の言葉に、役員全員に緊張感が漲《みなぎ》った。林と武田の二人専務体制になるということは、二人の争いが始まることを意味していた。

「どちらに付くのが得なのか」

役員たちの間にそんな雰囲気が広がるのを感じる。野崎は胸騒ぎを覚えた。このまま林が黙っているとは思えなかった。

「正式な就任は株主総会以降になりますが、実質的には今日から働いてもらおうと思っています」

京極が武田に挨拶するように促した。

武田はゆっくりと立ち上がった。そのガッチリとした体軀は周囲を圧倒する迫力があった。

「私は三年前にあおぞら興産に出向した。当時の興産は当行が生み出した不良債権のゴミ箱だった。社員の覇気もなく、ダラダラした三流会社だった」

役員たちは固唾《かたず》を飲んで武田の一言一言を注意深く聞いていた。

「私はまず、やる気のない役員のクビを切った。そして腐った土地を処分し、優良債権はモーゲージ化、つまり不動産証券にして資産を整理した」

誰も物音を立てない。武田の低く太い声だけが響く。

「身軽になったところで勝負に出た。安い競売物件に目をつけ、大量に仕入れ、売りさばいた。その中で……」

武田はワイシャツの袖のボタンを外し、腕を大きく捲《まく》った。そこには生々しい、刃物による傷跡が二本走っていた。

それを見た役員たちが一斉に息を飲んだのがわかった。

「ヤクザに襲われた」と武田はニヤッと笑った。「私の腰には、散弾銃の破片が今でも入ったままだ」

野崎は「すごい男が入って来た」と思いながら武田を見た。

「あおぞら興産は今やグループ随一の高収益企業だ。他行の不良債権も処分している。興産の立て直しで得た教訓は、血を流さない企業再建はないということだ」

役員たちの顔に、一斉に緊張の色が走るのを野崎は感じた。

「ここでは違う血を流してもらう。役員を半分にし、支店長寮、関連の福利厚生施設は全部売却する。身軽になった上で、収益性の高い融資に特化する。一年以内にだ」

「それは無理です」

誰かが武田の発言を遮った。

声のした方向に一斉に視線が集まる。野崎も声の先を見た。発言したのは鬼塚だった。

「誰だ、お前は」

武田が冷めた目を向けた。

「取締役営業部長の鬼塚です」

「わかった。貴様はいらん。今すぐ出て行け」

武田はあっさりと言い放った。

「な！　なんだと！　銀行は不動産屋とは違う！　子会社とは格が違うし、社会的責任もある！　そんなことできるわけがない！」

「不良債権を隠し、公的資金という名の血税を注いでもらっている銀行が責任を語るな！　子会社が死に物狂いでバブルの後始末をしていた時に、お前らは雁首揃えて銀行が崩壊していく姿を見ていただけなんだぞ！」

武田の一言に、役員たちが静まり返る。

「ホッホッホッ。久しぶりに迫力のある役員会になりましたね」

沈黙を破るように京極が笑顔で言った。

「武田君は就任したてで張り切っています。みなさんもご協力をお願いしますよ」

議長役だった常務の山田が慌てて立ち上がり、「では、以上で臨時取締役会を終わります」と会議を閉めた。

役員たちから安堵の声が漏れ、各々部屋を後にしていく。

野崎が立ち上がり、部屋を出ようとした時、武田が話しかけた。

「どうだ、考えは変わったか？」

「私は監査役です。他の役員の方にお話しされた方が……」

「他の奴らでは話にならん。お前は修羅場を知っている」

「監査役には役員の執行を監視するという業務があります。この仕事は今のあおぞらにとって重要だと思っています」

武田は鼻で笑った。

「フン。バカはどこまで行ってもバカだな」

「一人くらいそういう人間がいてもいいじゃないですか」

8

「行ってくるよ」

三月八日、日曜日。自宅で休日を過ごしていた野崎は、突然の電話を受け、急いでスーツに着替えた。

玄関で靴を履いていた野崎にハンカチを渡しながら、彩子が心配そうに言った。

「お店の予約、七時ですから」

「わかってる」

野崎は腕時計を見た。午後二時二十五分。

「五時には戻れると思う」

そう言うと、野崎はハンカチを受け取り外へ出た。

三月とは思えないほど暖かく穏やかな日だった。今日は四月中旬並みの気温だと天気予報で言っていたのを思い出す。

野崎は駅までの道を急ぎながら「遅くとも六時過ぎには家に戻らねば」と思った。

今日は野崎たちの結婚記念日だった。毎年この日は、彩子と二人だけで食事をするのが結婚してからの決まりだった。年に一度の夫婦水入らずの少し贅沢《ぜいたく》な外食。彩子は楽しみにしていた。今年は結婚して初めて二人でデートをした懐かしいフレンチレストランを予約したと嬉しそうに話していた。

「キャンセルしたら夫婦の終わりだと思って下さい」

彩子は冗談ぽく笑って言ったが、さすがにドタキャンするわけにはいかない。急いで要件を済ませなければならないと野崎は思った。

「しかし……、アイツ、何をする気なんだ」

野崎は思わず独り言を呟いた。

「あんたが悪いんだ」

野崎の自宅に電話をかけてきた沖田は、いきなりそう言った。

「何のことだ？」

「あおぞらを本当に守れるかどうか、試してやる。阻止したければすぐに俺のウチへ来い。もしかしたら間に合うかもしれないぜ。ハハハ……」

沖田は乾いた笑いを残し、マンション名と部屋番号を言うと電話を切った。

野崎は沖田が持っている情報の正確な内容を知らなかった。もし、本当にあおぞらの存続に関わるような情報をヤツが握っているのだとすると、大変なことになるかもしれない。

野崎は電車に揺られながら、何とも言えない胸騒ぎを覚えていた。


午後三時——。

沖田の家は、六本木の高級マンションだった。

「そういえば、沖田の父親は大企業の社長だと聞いたことがある」

エレベーターで昇りながら、そんなことを思い出した。このマンションも父親のものなのかもしれない。一介の若い銀行員が住める家とは思えなかった。

指定された2404号室に辿り着き、玄関のチャイムを押した。

ドアが開き、不敵な笑みを浮かべた沖田が野崎を出迎えた。

「よう」

「すごいマンションだな」

「一流を知る者のみが一流になれるんでね」

沖田はそう言って顎で野崎に中に入るように促した。

中に入るとテーブルや床の上には弁当の空き容器や空のペットボトルが転がっていた。一番奥のデスクの上にパソコンがある。

「金、持ってきたかい？」

「言ったはずだ。君に払う金はない。こんなマンションに住めるくらいだ。金には困ってないんだろう？　君のお父さんは大企業の社長だというじゃないか」

「親父のことは言うな！」

「一流などと言っても、ここだって所詮、親父さんの持ち物なんだろう」

突然、沖田はテーブルの灰皿を摑み、投げつけた。ガラスのローテーブルが大きな音を立てて粉々に砕けた。

「その減らず口もそんなに長くは続かないぜ」

沖田が指したパソコンの画面には『告発文』というタイトルが見えた。

「それは……？」

「教えてやるぜ。頭取のバックにいるのは、民自党の現首相、鷹山光司郎《たかやまこうじろう》だ」

「鷹山総理が……？」

「そうだよ。京極は鷹山に金を積んだ」

「どこからその情報を……？」

「金を払う気ないんだろ？　教える義理はねえよ」

「止めろ。そんなことをして何になる。その気持ちを、あおぞらを立て直す方向に向けるべきだ」

「虫唾《むしず》が走るんだよ。きれいごとばかり並べたてやがって」

野崎は沖田を見た。

その目が怒りに血走っていた。

「阿部のおっさんすら救えなかったあんたが、本当にあおぞらを救えるのか、見ものだな」

沖田はパソコンのキーボードに手を伸ばした。

「そんなことはさせん！」

詰め寄る野崎よりも前に、沖田はエンターキーを押した。

モニターに『送信されました』の文字が現れた。

「あ！」

野崎は思わず声を出す。

「ジ・エンドだ。今このパソコンから、大蔵省、金融監督庁、東京地検、マスコミ各社に一斉メールが流れた。月曜日にはハチの巣を突《つつ》いたような大騒ぎになるだろう」

「貴様！」

野崎は沖田の胸倉を摑んだ。そして拳で頰を殴りつけた。沖田の細い体が壁まで吹き飛び、沖田は倒れ込んだ。

切れたのか、口の端から血が滴っていた。

「俺を殴ったところで何も解決しないぜ」

沖田はそう言って不敵な笑いを浮かべた。

野崎は部屋を飛び出した。


午後五時――。

すぐに公衆電話から石橋に連絡をして迎えに来てもらった。

「すみません。休みの日に」

「大変なことが起きたことは理解できますよ」と石橋。「車載電話、使って下さい」

野崎は受話器を取ったが、かけるのをためらった。

「私は壁だと思って下さい」

石橋が言った。

「ありがとう」

野崎は言い、手帳を開く。検査部長の渡辺、広報部長の白川《しらかわ》、総務部長の菊山《きくやま》に電話をかけた。幸運なことに、全員家にいた。野崎はかいつまんで事情を話し、すぐに監査役室に集まって欲しいと告げた。

午後五時三十分――。
監査役室に、野崎、渡辺、白川、菊山が集まった。

「お休みのところ申し訳ありません。ある男が電子メールで怪文書をバラまきました」

「たかが怪文書ですか」と菊山はガッカリしたように言った。

「どんな内容なんです？」と白川。

「京極頭取と鷹山総理が、贈収賄の関係にあるというものです」

三人がハッとしたように一斉に野崎を見た。

「それは確かにマズいな」と菊山は腕を組んだ。「事実無根だとしても、それなりの話題にはなる」

「その信憑性《しんぴょうせい》は？」と渡辺。

「今の段階では何とも。ただ怪文書の出どころが当行行員ということだけでも問題です」

「どこのどいつだ、一体」

菊山が苛立《いらだ》った声を上げた。

「それは言えません」

「この件は総務部で引き取ります」と菊山は立ち上がった。「従来、行内の不祥事は、総務部総務二課が担当してきました。二課にはこういった問題へのノウハウがある。野崎監査役は、とりあえずすべての情報を提供して下さい。その上で私どもが処分いたします」

「待って下さい」

野崎も立ち上がった。

「今回の件は私が処理します」

「正気ですか？　あなたの手に負えるんですか？」

「わかりません。しかし、監査役である以上、避けられないと思っています」

「我々に任せてもらえば、責任は我々が取ります。しかし、監査役が自ら陣頭指揮をとれば、もしもの場合、あなたが責任を追及されますよ？」

「私は今回の件に関して、あらゆる責任を負う覚悟です」

野崎は菊山の目を真っ直ぐに見た。

「その代わり、この問題を徹底的に追及します。頭取と鷹山総理の件も、本当にそういう事実があったかどうかということも踏まえて調査します。……総務部でそこまでできますか？」

野崎の迫力に、菊山は声を詰まらせた。

内部調査を監査役室と検査部で行い、マスコミと大蔵省の対応を広報部と総務部でやることに決まった。


午後六時――。

監査役室で検査部長の渡辺と野崎が対応を協議していると美保がやってきた。

「日曜日にすみません。助かります」と野崎は頭を下げた。

「私にできることがあれば何でも言って下さい」

「とりあえず、この四人で対応しなければなりませんな」と渡辺。

「ええ。大変な夜になりそうです」

野崎は石橋と美保に向かって言った。

「ここに特別対策室を設置します。全ての情報をここに集めて下さい」

「あおぞらは一体どうなるんですか?」

美保が緊張の面持ちで訊ねた。

「対応を間違えば倒産します」

野崎はキッパリと言った。

「まさか……」

石橋が言葉を失う。

もちろん怪文書の内容には何の裏付けもないが、これがスキャンダルとして広まれば、月曜の朝、マーケットは敏感に反応するだろう。そうすると、スキャンダルを恐れる他の金融機関がコール市場で応じなくなる可能性が高い。コール市場とは、短期資金を金融機関同士で融通し合う市場だ。銀行には多額の現金があると思っているかもしれないが、実際は、都市銀行は貸し出し超で、資金繰りのために、毎日、金融機関同士で借入をしている。スキャンダルが広まれば「あおぞらは危ないかもしれない」という空気が醸成され、どこも貸してくれなくなる。真実はともかく、「危ない」という空気だけであおぞらは窮地に陥る。おそらくそれに連動し株価が暴落する。それが報道されると、倒産を恐れた人々がパニックになり、一般預金者の取り付け騒ぎが始まるだろう。

「それじゃ本当に資金繰りがつかなくて倒産ですか？」

「そうならないために全力を尽くしましょう。我々があおぞら最後の砦《とりで》です」

「で、我々は何を？」と石橋。

「逐一、担当部からの情報収集と推移を把握して下さい。必要とあらば、随時、役員を呼び出して動いてもらって下さい。その際、私の命でと言っていただいて構いません」

「よっしゃ！　面白くなってきたぞ！」

石橋が腕まくりをして言った。

「私と渡辺部長は検査部で事実関係を調べます」

野崎は渡辺とともに監査役室を後にした。


検査部の大きな丸テーブルの上に、山田エージェンシー関連の書類が積み上げられた。野崎と渡辺は、その書類を一つずつ確認していく。山田エージェンシーに関するほぼすべての決裁は、阿部が行ったことになっていた。

「おかしいですね。行内事情を知っている者からみれば、こんな決済あり得ません。阿部さんの権限外です」

渡辺が首をひねる。

「誰かが決裁承認番号を変え、阿部君にすべてを押し付けたってことか。決裁承認番号を変えられるのは？」

「管理職以上なら、システムにログインして変えることができます」

「決裁承認番号を変更した者がわかればバックが特定できますね。……シス開の部長を呼び出しましょう」

「目黒のシステム開発部に呼び出してください。私が行ってきます。ホストには履歴が残っているはずですから」

渡辺は上着を手に立ち上がる。

「お願いします」

野崎は出ていく渡辺の後ろ姿に声をかけた。


午後七時――。

「事実無根と断定していいですね」

広報部長の白川が野崎に言った。

監査役室で、野崎と白川と総務部長の菊山は、対外的な対応について協議を重ねていた。マスコミへの発表、そして関係各所への対応は、慎重の上にも慎重を期さねばならない。

「事実無根とは断言せずに、調査中にして下さい」と野崎。

「それじゃマスコミは納得しない」

「ＭＯＦ（大蔵省）の協力だって得られませんよ。あくまでも事実無根として押し通すべきだ」と菊山が身を乗りだす。

「安易な発言はできません」

野崎は一歩も引かず、キッパリと言った。

「あおぞら銀行はすでに世間の信用を失っています。少しでも疑念があるなら徹底的に追及する姿勢を示さなければなりません」

「いや、それもわかりますけど……」と白川が顔を曇らせる。

「もし、事実無根と断言し、その後、一ミリでも疑惑が持ち上がった時、あおぞらは二度と信頼を取り戻すことはできなくなります」

白川も菊山も野崎の迫力に圧《お》された。

「日銀には、万一の場合に備えてコール市場を通じて資金を出してもらうよう交渉して下さい。大蔵にはそのバックアップを……。株価対策としてあおぞらグループと機関投資家に株の買い支えを依頼して下さい」

野崎は菊山に言った。

「しかし……」

「当行は、責任ある態度で今回の事件に臨むと伝えて下さい。お願いします。あおぞらが生き残るためです」

「わかりました。すぐに関係各所に送る依頼通知の草案を練ります」

　菊山は頷いた。


　午後八時――。

「野崎監査役、わかりました！」

　目黒のシステム開発部に行っていた渡辺から連絡が入った。

「ホストには履歴が残っていました。山田エージェンシーへ融資を行っていたのは営業一部の鬼塚部長でした」

「それを誰かが阿部君に変えたということですね」

「はい。決裁者を変更した最高権限のオペカードナンバーが残っていました」

　電話の向こうの渡辺が興奮気味に言った。

「オペレート番号はＡＡ０２です」

「ＡＡ０２……」

「ＡＡ０１が頭取ですから……」と電話の向こうで渡辺が唾を飲んだのがわかった。

「林専務ですね」

「はい」

「これで繋がった」

　山田エージェンシーに融資を行っていた営業第一部。決裁をしていたのは部長の鬼塚だ。しかし、野崎たちにより、山田エージェンシーへの不正融資が明るみに出そうになったため、決裁を行った人物の承認番号を変更して逃げ切りを図ることにした。決裁者の承認番号を変更するためには、役員のオペレート権限が必要になる。そこで専務の林のオペレート番号の下に、鬼塚から阿部に決裁者が変更された。そして、林たちは阿部を切り捨てたということだ。

一連の流れから考えても、林が山田エージェンシーへの不正融資について知っていたことは疑いようがない。

「林専務までは辿り着いた。ここで終わりなのだろうか……」

山田エージェンシーと東都政策研究室の繋がりは登記簿からわかっている。東都政策研究室は民自党と繋がっている可能性があると渡辺の調査でわかってきた。その民自党の頂点には鷹山総理がいる。

沖田は京極頭取と鷹山総理が贈収賄の関係にあると言っていたが、果たしてそこまで辿り着けるのだろうか……。

野崎は椅子に深く凭れて考えた。

確たるものは何もなかった。

そこに美保が籠を抱えて入って来た。

「サンドイッチとおにぎりです」

帳簿を調べていた石橋が飛んできて覗き込む。

「こいつは助かった。腹が減って倒れそうだったんだ」

すぐに籠に手を入れようとした石橋の手を美保が叩く。

「痛っ！」

「まずは監査役からです」

「いいじゃないかよー、腹減ってるんだからさー」

石橋は口を尖《とが》らせる。

美保は野崎の前に籠を差し出した。

「ありがとう。君が作ってくれたのか？」

「いえ。受付に届いていると、守衛さんから連絡があって取ってきただけです」

「届いた……？」

野崎は籠の中に手紙が入っているのを見つけた。手に取ってみる。差出人は彩子だった。

「あっ！」

思わず大きな声を出した。

「どうしました？」

美保が驚いて野崎を見た。

「いや、何でもない」

野崎はすっかり結婚記念日のこともレストランのことも忘れていた。心底、悪いことをしたと思った。

野崎はサンドイッチを手にして「みんなも食べてくれ」と言った。

石橋がすぐにおにぎりを手にして頬張り「美味《うま》いな〜」と声を漏らす。

サンドイッチを食べながら手紙を読んだ。

「今があなたにとって大切な時だとわかっています。でもあまり無理をしないでね。今年の埋め合わせに、来年は旅行に連れて行ってもらいますから」

そう手紙は結んであった。

「すまない」

野崎は心の中で感謝した。


午後九時三十分——。

野崎の乗ったタクシーは、広尾の高級住宅街にさしかかった。

「ここで停めて下さい」

野崎は運転手に言った。

タクシーが停まる。野崎はタクシーを降りた。

「ここだな」

野崎の目の前には、瀟洒《しょうしゃ》な屋敷があった。『京極』という表札が出ている。

野崎は呼び鈴を鳴らした。インターフォンから京極の声が聞こえた。

「野崎です。休日の夜分遅くに申し訳ありません」

「少しお待ちください」

すぐに玄関が開き、京極が顔を出した。

「大変な事態のようですね」

「はい。早めに報告をしたいと思いまして、この時間の訪問になったことをお許しください」

「構いませんよ。お入りください」

野崎は家の中に入った。

広い玄関の横に和室の客間があった。野崎はそこで京極と向き合った。

「緊急を要する問題が起こりました」

「ほう」

「頭取と鷹山総理が贈収賄関係にあるという怪文書が各方面へ流されました」

京極の眉がピクリと動いたのを野崎は見逃さなかった。

「パソコンの電子メールによる一斉送信なので、こちらで止めることはできませんでした。週明けには大変な事態になるかもしれません」

「最近は怪文書までコンピュータ化ですか。風情《ふぜい》がありませんねえ。ホッホッホッ」

京極はいつもとかわらない表情で笑った。

「総務部ではなく、あなたが陣頭指揮を執っているのですか？」

「はい。総務部には事態収拾のノウハウはありますが、真実の追及は難しいと思いました」

「真実の追及ですか……。何かわかりましたか？」

「はい、林専務が山田エージェンシーと関わっていたところまではわかりました」

「林君が……」

「はい。事態がこれほど大きくなった以上、山田エージェンシーに不正融資をしていた件を隠し通すのは不可能です。……林専務と山田エージェンシーのことを公表してもよろしいでしょうか？」

京極は腕を組み、思案しているようだった。

「頭取！」

野崎は迫った。

「……わかりました。林君には責任を取ってもらいます」

「それでよろしいのですか？」

「そのためにあなたはここまで来たんでしょう？」

「はい」

「ではそうしなさい」

野崎は立ち上がり深々と礼をした。そして頭を上げると、思い切って訊いた。

「……失礼を承知でお聞きします。頭取と鷹山総理の件はどうなんでしょうか？」

京極が射抜くような視線で野崎を見た。顔はいつものように微笑んでいたが、その眼は鋭く野崎を見据えている。

野崎はその視線に気圧《けお》された。背中を汗が伝う。

しかし、すぐに京極の目からは鋭さが消えた。

「私の心には一点の曇りもありませんよ」

「それを聞いて安心しました。失礼します」

再び深々と礼をして京極邸を後にした。

三月九日、月曜日早朝——。

「おはようございます」

出勤してきた美保の声で、自席で机に突っ伏して寝ていた野崎は目を覚ました。

「おはよう」

大きく伸びをしながら返事をする。渡辺も石橋も、資料を入れる段ボールを床に敷いて寝ていた。

「みなさん、泊まったんですね。……今、コーヒー淹れます」

美保は上着を脱ぎながら言った。

「ありがとう」

「もう何台かテレビの中継車らしき車が停まっていました」

美保はコーヒーを淹れながら言った。

「そうですか。今日は大変な一日になりそうですね。……顔、洗ってきます」

野崎はタオルを手に監査役室を出た。


トイレで顔を洗っていると、人の気配がした。

振り向くと武田が立っていた。

「怪文書が流れたらしいな」と武田は野崎に言った。

「はい。その対応に当たっていました」

「聞いた。そんなもの、監査役の仕事じゃねえだろう」

「銀行内の疑惑を追及し、真実を明らかにするのは監査役の仕事だと思いますが」

「頭取と総理が贈収賄の関係だと？」

「まだわかりません」

「フン。せいぜい頑張ってくれ。俺にとっては、帰ってきた途端に爆弾が破裂した方が派手でいいからな」

武田は愉快そうに笑った。

「一つ、教えておいてやる。林と鬼塚がコソコソ動いているぜ。あいつらがこのまま黙っているとは思うな」

武田は去っていった。

林と鬼塚がどう出るのか、全く予想がつかなかった。それにそんなことを考えている余裕もなかった。

「関係ない。俺は真実を追及するのみだ」

野崎はもう一度顔を洗った。


監査役室の特別対策本部に野崎と渡辺、白川、菊山の四人が集まり、マスコミ会見前の打ち合わせをした。

「今はまだ怪文書が出たというだけです。私が記者会見に出ましょう」

広報部長の白川は言った。

「いえ、会見には私が出ます」と野崎。「この時期だからこそ、キッチリとした対応が必要です」

菊山が口を挟む。

「監査役が会見に出るなど、前例がありません。役員というなら、林専務にお願いするのが筋かと……」

「林専務はダメです。彼は今回の不正融資に大きく関わっていた可能性が高い」

「え!?」と白川が驚きの声を上げた。

「確かな証拠があるんですか?」と菊山も驚きを隠せない。

「あります」

「ちょっと待って下さい。そのことを記者会見で言うつもりじゃ?」と白川。

「頭取と総理の関係を告発した怪文書は単なる噂で確たる証拠はありません。しかし、その調査過程で一部役員に重大な不正があったことが判明した。マスコミにはそう発表します」

「待って下さい!」と白川の声が大きくなる。「真相がわかるまでは調査中で押し通して下さい! 無駄な混乱を招きかねない!」

「それはダメです。いつも銀行はそうやって誤魔化して先送りしてきた。それが今のこの体たらくに繋がったと思いませんか?」

「しかし!」

野崎は机を拳で叩いた。

「もうそんな言い訳が通用するような時代じゃないんです! 銀行は変わらないといけない! そうしないと長期資金銀行のように市場から退場させられます!」

白川と菊山は、黙って野崎を見た。

「会見で調査中などと言ったら、マスコミに叩かれ、憶測を呼び、市場に不安感だけが広がります。林専務の名前は出さなくても、役員が不正に関わっていた、これは発表する必要があります」

「あんた、自分の銀行の専務を売るのか?」

「曖昧に事実を隠せば、あおぞらは窮地に追い込まれます」

「もしもの時は、あなた一人の責任ですむ問題じゃないんですよ」

菊山が野崎に詰め寄る。

「わかっています」と野崎は決意の表情で言った。「それでもやらなければなりません。それが監査役たる私の使命です」


午前十時――。

会見場に設定した会議室には、多くのマスコミ関係者が集まっていた。

白川とともに、野崎は会場に入った。一斉にカメラが向けられ、シャッター音とともにフラッシュが焚《た》かれた。

野崎の姿を見た記者たちの間から「白川さんと一緒に来たのは誰だ？」「見たことないぞ」「新しい広報か？」などという声が聞こえた。

「本日はお忙しい中、お集まりいただきありがとうございます。皆様の取材要請により、急遽《きゆうきよ》記者会見を開かせていただきます」

白川が記者会見の口火を切った。さすが広報部長、慣れた口調だと野崎は思った。

一斉にフラッシュが焚かれる。

「今回の怪文書に関しての事実経過を、当行監査役、野崎修平よりご報告申し上げます」

テーブルの上のたくさん並んだマイクの前に、野崎は立った。

「監査役の野崎です」

予想外の監査役の登場に、記者たちの間にざわめきが起きた。

「まず当行のホストコンピュータから各関係機関に怪文書が流れたことは事実です。これには当行の行員が関わっており、厳重に処分するつもりです」

「その人物は特定できているんですか？」

記者から質問が飛ぶ。

「はい」

「誰なんです？」

「名前は申し上げられません。当行の行員であるということだけ、発表させていただきます」

「彼の動機は？」

「真偽はどうなんです？」

記者たちから矢継ぎ早に質問が相次いだ。

「怪文書に書かれていた当行の京極頭取と鷹山総理の癒着に関してはデマです。ただし……」

野崎は言葉を切り、記者たちを見た。記者たちは動きを止めて野崎の言葉を待っていた。

「当行の役員が、総会屋と思われる人物との不正融資に関わっていた事実が明らかになりました」

一瞬、静まる会場。

次の瞬間、驚きとともにざわめきが走る。

「本当ですか？」

「どんな内容ですか？」

「その総会屋の名前は？」

興奮した記者たちが次々に声を上げる。

野崎は記者たちの興奮を鎮めるようにゆっくりと話した。

「調査中ですので、詳細は別途ご報告することになると思いますが、実体のない融資を繰り返し、利益供与をしていた疑いがあります」

フラッシュの明滅が激しさを増した。

「当行はこの件に関して徹底的に調査するとともに、関係者には厳罰をもって臨みます。当局への協力も惜しみません」

「その役員は誰ですか？」

記者が大声で野崎に問いかけた。

「今、名前を挙げることはできませんが……、当行の中枢にいる人物です」

記者たちが水を打ったように静まり返った。中枢ということは、頭取、あるいは専務を指しているのか、という記者たちの驚きと戸惑いを野崎はひしひしと感じた。

「はーい！」

一番端にいた小柄な記者が手を挙げた。

「毎朝新聞の柏木《かしわぎ》です。一つ、質問していいですか？」

「どうぞ」

「こんな発表して、こちらの銀行は潰れませんかね？」

柏木はニヤッと笑った。

「あおぞらは逃げません」

野崎は全記者に向かって言った。

一斉にフラッシュが焚かれる。

「自らの不正は徹底的に調べ、ご報告を申し上げます。お取引先、預金者のみなさま、市場の信頼を回復すべく、全行員、一丸となって努力いたします」

野崎は姿勢を正し、深々と頭を下げた。

「どうかみなさま、あおぞらにお力をお貸し下さい！」

「野崎監査役！　バッチリでした！　あれならマスコミ各社も協力的に書いてくれるでしょう！」

廊下を歩きながら白川が興奮気味に言った。

「そうならいいのですが……、心配なのは市場の反応です」

野崎が監査役室へ戻ると、「お疲れさまでした」と美保が出迎えてくれた。

「株式市場の方はどうなってますか？」

野崎はモニターを見ている石橋に言った。

「五百四十円で寄り付いた後、現在、五百二十円です。先週末の気配が五百五十円ですから、四百五十円まで下がればストップ安です」

ストップ安とは、株価が一日の値幅制限まで下落することだ。各証券取引所では、混乱を避けるために前日の終値を基準にして値幅制限が設けられている。ストップ安になると、その日は、それ以上値下がりしない。

「ストップ安だけは避けたいですね。もっと下がるのではないかとの不安が広がり、翌日、パニック売りが起きるかもしれない」

「その通りですね」と白川が頷いた。

「コールの動きは？」

野崎は渡辺に訊いた。

「資金為替部によると、一時、出し手がいない状態になりましたが、日銀の後押しが効いたようで、現在は順調に確保しています」

「菊山部長が確実に動いてくれたようですね」

「支店の方も、今のところ目立った動きはありません」

「株価さえ持ってくれれば、とりあえずの急場はしのげるな」

椅子に深く腰掛けたことで、背中に汗をかいているのを実感した。慣れない記者会見で、思った以上に緊張していたのだろう。大きく息をつく。

ドアを激しく開ける音がした。

専務の林が血相を変えて入って来る。

「なんだ、あの会見は！」

林は激高して野崎に詰め寄った。

「あのとおりです」

「私一人に罪を被せる気か！」

林は野崎に迫り机越しに胸倉を摑もうとする。慌てて渡辺と石橋が止めた。

「私一人に、と仰《おつしや》いましたね。あなた以外に誰が関わっているというのですか？」

「屁理屈を言うな！」

林は野崎を睨みつけた。

「明日、臨時取締役会を招集する。貴様も頭取もそれまでだ」

吐き捨てるようにそう言うと、林は石橋と渡辺を振り切って出ていった。

「私と頭取が終わり……？　ということは、やはり林専務の後ろで、頭取が糸をひいているということか？」と野崎は思った。

「あっ！」

突然、モニターを見ていた美保が声を上げた。

「大変です！　株価が下がり始めました！」

「なに!?」

野崎はモニターを見る。渡辺も石橋もモニター前に集まってきた。

「海外のヘッジファンドに売りを浴びせられていますね」とモニターを見た渡辺は言った。「彼らは信用取引で先売りをしていますから、株価が下がればその差額で儲かります。あおぞらグループにも買い支えを頼んでいますが追いつきません」

固唾を飲んで見守る野崎たち。その間にも、株価はどんどん下がっている。

五百円を切り、四百九十円、四百八十円、四百七十円……。

野崎に緊張が走る。本当にストップ安になるかもしれない。

四百六十円……。

「マズいですよ！」

石橋が声を上げた。

「あっ！」

今度は野崎が声を上げた。株価が四百七十円に上がった。

株価は四百七十円と四百八十円の間で揉《も》み合い、その後、上昇に転じた。

「ジリジリ上がってますね」

渡辺が言った。

「どういうことだ？」

つけっぱなしだったテレビのニュースに、金融監督庁長官の会見の様子が映っていた。

野崎はリモコンで音量を大きくした。

「この度のあおぞら銀行の不祥事の処理に関しては非常に感心した。すべからく銀行の不祥事、処理はこのように行われなければならない。今後、銀行の内部浄化の見本としてほしい」

金融監督庁長官の会見に続いて日銀総裁の会見が流れた。

「日銀としては、コール市場を通じてあおぞら銀行に資金供給を続けていく。あおぞらが資金不足に陥ることはないだろう」

ニュースキャスターが「今回のあおぞら銀行の不祥事に対する記者会見は従来の物とは異なり、全面的に事実を認め、それに対する厳罰処分を打ち出すなど、内部粛正に対する新しい方向性を打ち出しました……」と、あおぞら銀行の対応を好意的に報じていた。

金融監督庁と日銀の会見により安心感が広がり、ストップ安という最悪の状況は回避できたようだった。

「当局によって救われたか……」

野崎は緊張が解け座り込んだ。美保も石橋も渡辺も安堵の表情を浮かべている。

「やるじゃねえか」

ドアの方から声がして振り返る。

武田が立っていた。

「だが、林は明日にでも、頭取とお前の解任に動くらしい」

「残念です。最後くらいはきちんとケジメをつけてほしかったのですが」

「今、ウチの役員は三十七人だ。そのうち、頭取派と呼ばれるヤツらは十二人。林と鬼塚は自分の派閥七人に加え、中立の人間をなりふり構わず取り込もうと動いている。多数派工作が成功すると、お前は解任されるな」

「そうなりますね」

「林は追い詰められると逆上するタイプだ。何でもやるぞ。どうだ、俺が守ってやろうか？」

「守る？」

「俺の派閥の役員には、どちらについてもいいと言ってある。お前が頼むなら、頭取派につくように命令する」

「結構です。私は私の役割を全うするだけですから」

「フン。あいかわらずつまらんヤツだ。勝手にしろ」

武田は監査役室を出ようとした。そして振り返って言った。

「だが忘れるなよ。お前はもう後戻りができないところへ来てることをな」

9

翌日、臨時取締役会が開催された。

議長の森本常務が「これより、臨時取締役会を開催いたします」と宣言するとすぐに、鬼塚が手を挙げた。

「緊急動議を発案いたします！」

役員たちの間に緊張が走るのを野崎は感じた。

「今回の不祥事に関しまして、最終責任者であります京極頭取の解任、および不適切なマスコミ報道の陣頭指揮を執った野崎監査役の解任を要求いたします！」

野崎は京極を見た。いつもと変わらない表情で座っている。「何か策があるのだろうか」と野崎は思った。

「ご賛同いただける方はご起立願います！」

鬼塚は得意満面でそう言った。

誰が立つのか、役員たちがお互いの腹を探り合っているようだ。野崎はそんな空気を感じた。

一拍の間があった後、専務の林が立ち上がった。続いて二人、立ち上がる。最後に周囲を窺うように二人が立った。

立ち上がったのは、全部で六人だけだった。

「なっ……」

鬼塚は驚愕の表情を浮かべた。

林も言葉を失っている。

「森本常務！　島田取締役！　立って下さい！」と鬼塚は必死の形相で呼びかけた。

「あなたたちが立たなければ、他の役員もついてきません！」

しかし森本も島田も動かない。

林は呆然《ぼうぜん》と立ち尽くしていた。

「どうして立たないんだ！　昨日、約束したじゃないか！」

鬼塚はさらに必死の形相を浮かべて叫んだ。

武田はつまらなそうに事の推移を見ていた。

「林専務」と島田が口を開いた。「あなたについていくことはできません」

「貴様……、裏切るのか」

林が怒りに震える声で島田に言った。

「実は先週、すでに京極頭取に言われていたんです。あなたがポストを餌に頭取更迭を持ちかけてくるはずだ、と」

「なに……」

京極はいつもと変わらず、柔和な表情で二人のやり取りを見ていた。

常務の森本も口を開いた。

「私には副頭取、島田取締役には人事統括常務のポストを約束するはずだと。すべて頭取の言われたとおりになった。このような大事な場面で、簡単に先を読まれてしまうような人に、私はついていけない」

林がガックリと机に両手をついた。その手がワナワナと震えているのを野崎は見た。

京極がスッと立ち上がった。そして隣の林の肩にポンと手を置いた。

「動議は否決されたようですね。……林専務。長い間、ご苦労様でした。このような形になって返す返すも残念です」

役員たちは何も言わない。会議室が静まり返る。

野崎は京極の顔を見て驚いた。

京極は涙を流していた。

「監査役より、あなたが不正融資に関わったとの報告がありました。次回の取締役会で、あなたは解任されることになるでしょう。長年の功績に免じて今回の罪は見逃してあげたいのですが、マスコミに発表した以上、そうもいきません」

京極は泣きながら林に言った。

「辛《つら》くとも、最後まで、あおぞらの役員として堂々としていてください」

林も鬼塚も、真っ青な顔でブルブルと体を震わせていた。

野崎は京極を「怖い人だ」と思った。京極の言外には、「もし捕まっても何もしゃべるな」という意味が込められているのがハッキリとわかった。先ほどの涙は同情や悲しみなどではなく、浅はかな者に対する憐《あわれ》みの涙だったのだと感じた。

林と鬼塚、そして賛同した四人が、ヨロヨロと会議室を出ていった。

京極は残った役員に向き直った。

「六人の欠員が出ました。補充についてはまた後日決定します」

「その必要はない」

武田が発言した。

「リストラの一環としてちょうどいい」

「わかりました。退任する役員の業務は現役員の兼任とします」

「以上で、臨時取締役会を閉会します」

常務の森本が宣言して怒濤の取締役会は幕を閉じた。

役員たちは、今回の取締役会を経ての派閥争いを面白おかしく話していた。

「これで林派は全滅ですかな」

「漁夫の利で中間派の森本常務が勢力を伸ばした形ですか」

「武田専務もリストラを口実に頭取派が増えるのを阻みましたな。いやー、なかなかやるもんだ」

それらの話を、野崎は苦々しく聞いていた。

銀行の存続がかかっているというのに、全く危機感がない。日々、銀行のために働いている一般行員たちを思うとやりきれない思いになった。

「大荒れだったようですね」

監査役室に戻ると、渡辺が言った。

「はい。結局、林専務のクーデターは失敗に終わりました」

「まだゴタゴタは続きそうですね」と白川。

「すぐに法務部と相談して、林専務を告訴する準備に入ります」と野崎が言うと、菊山が難色を示した。

「そこまでやらなくてもいいんじゃないですか。告訴なら検察が勝手にやるでしょう」

「当行の姿勢をはっきり打ち出す必要があります。銀行は今まで身内に甘い対応ばかりしてきた。それが信用を失うことになった大きな原因です。今の役員を見ていても、まったく危機感がない。あまりにも世間とズレている。これではいつまでたっても信用を取り戻すことなんてできません。銀行が襟を正すためにも、自らの判断で訴えるべきです」

「行内に動揺が広がりますよ。専務まで務めた人間を、まるでトカゲの尻尾みたいに切り捨てるのか、と」

菊山はあくまで告訴には反対の姿勢を示した。

「トカゲの尻尾……？」

「そうです。……あんたの言う通りにしていたら、あおぞらはガタガタになってしまう」

菊山は立ち上がり、監査役室を出ていった。

「菊山部長は林派だったから、行く末が不安なんだろう」

白川が呟いた。

「派閥、学閥……。そんなくだらないものが個人の視野を狭くさせているんです」

「だが行内に不安が広がるのは事実でしょう」と渡辺。

「確かに」と野崎は言った。「何とかわかってもらいたいところですね」

「野崎監査役」と美保が呼んだ。「マスコミの取材依頼が多数来ていますが、どうしますか？」

「できるだけ受けた方がいい」と白川が言った。「広報で対応できることはこちらでやります。しかし、野崎監査役が出た方がいいものはお願いします。その窓口は広報で一括してやりましょう」

「わかりました。よろしくお願いします。銀行が何を考え、銀行員がどう思っているか、世間の人たちに伝えなければなりませんね」

野崎は言った。

野崎は広報の指示に従い、いくつかのニュース番組に出た。

これまでの経緯もあり、キャスターやジャーナリストたちは銀行の姿勢に批判的だった。

野崎はあおぞら銀行を背負ってカメラの前に立った。

「銀行はいつまでたっても不正も不良債権もなくならないじゃないですか。公的資金まで導入してもらって、本当に変わる気があるんですか？」

キャスターの質問が野崎に飛んだ。

「そのような銀行は早々に潰れるでしょう。不正があれば公表し謝罪する。今までの銀行にはそんな常識すらなかった。あおぞら銀行は普通の会社になるよう努力します」

野崎は自分の言葉で丁寧に説明した。

「信用できないんですよね。バブルの時から変わっているようには見えないですから」

「これから変わるんです」

「でも、あなたも不正をした役員の実名は公表しなかった。それは事実を隠しているってことじゃないですか？　隠蔽体質は変わっていないように見えますが」

「当行が検察庁に告訴する段階で発表する予定です」

「ほう、そこまでやりますか。言いきっちゃって大丈夫ですか？」

「やります」

カメラの前でキッパリと言った。

そんな野崎の姿勢はさまざまな軋轢《あつれき》を生んだ。野崎は行内の雰囲気が変わったのを感じる。行員たちが野崎を避けているような気がした。

「何か、私についての噂など聞きませんか?」

野崎は石橋に聞いた。

「まあ、いろいろ言われていますよ。身内を平気で売ったとか、エリートコースを外れたから主流派に復讐《ふくしゅう》をしているとか。……気にしないことです」

「そうですね」

野崎は言ったが、本当に自分のやっていることが正しいのだろうか、と思った。

10

目黒の住宅街にある一軒家を、野崎は訪ねた。

その玄関先には『林』という表札がかかっている。

業務を終えてから来たので、辺りはすっかり暗くなっていた。

「いきなり訪問して会ってくれるだろうか」

野崎は呟く。しかし、どうしても林と会っておきたかった。

チャイムを鳴らし、インターフォンで名前を告げると、林が玄関から顔を出した。

「お前……」

野崎は黙って頭を下げた。

広いリビングには、どこか寂し気な空気が漂っていた。

「妻は実家に帰した」

林はキッチンに立ち、慣れない様子でお茶を淹れながら言った。

シンクには洗い物が溜《た》まり、部屋の隅には洗濯物が丸めて置いてある。

「私は家族にとって、ずっと自慢の夫であり父親だったからな。堕《お》ちるところは見せたくないんだ」

「来週、林さんを東京地検に告発いたします。それに伴い、お名前も公表することになります」

「そうか」

林は野崎の前にお茶を置いた。

「お聞きしたいことがあります」

「なんだ」

「山田エージェンシーへの不正融資を指図した人間がいたんですか？」

林は答えない。

「京極頭取は、本当に知らないんですか？」

「なぜだ」

「真実が知りたいんです」

「真実……」

「事件を生み出した張本人を処分しなければ、また同じことが繰り返されます。真実を追及する必要があるのです」

野崎は林を見た。

林は何も言わずに立ち上がった。そして「少し付き合ってくれ」と上着を手にした。

「入行店は新宿支店だった」

タクシーの中、後部座席で林は野崎に語った。二人は並んで座っていた。

「当時は百名以上いる大店でね。先輩もよく面倒をみてくれた。慰安旅行や運動会、盛大で楽しかった」

野崎は車窓を流れる街の灯りを見ながら聞いていた。

「すぐに本店で大企業担当になった。いい時代だった。高度成長期の真っただ中で、ひっきりなしに資金需要があった。融資した会社が面白いように成長した。俺が日本経済を動かしている！　そんな気分にもなったもんさ」

林はタバコに火をつけた。煙が車内に満ちた。

「三十代で企画部へ配属になり、ＭＯＦ（大蔵省）担になった。最近は下世話な話が多いが、私の頃は当局の動向を探るだけじゃなく、専門家として金融法案の起案もしたものだ。四十代にはニューヨーク支店長だ。国際化が叫ばれた時代だった。仕事の内容は当局の情報収集。日本企業や大蔵、日銀の接待が主だったがね。休日にはオペラやミュージカルを妻と楽しんだものだ」

林は思い出すように車窓から外を見ていた。

「ニール・サイモンの戯曲を知っているかね？」

「いえ……。私はそういった方面には疎いもので」

「『おかしな二人』『サンシャイン・ボーイズ』『ビロクシー・ブルース』……、いい芝居が多かった。いささか人情味がすぎたが……」

野崎の存在を忘れたかのように、林はしゃべり続けた。

「ニューヨークから帰って、取締役、常務、専務と順調に上がった。ミスターあおぞらとも呼ばれた。頭取の椅子は私の手の届くところにあった」

野崎は黙って聞いていた。

「ここで停めてくれ」

そこは新宿三丁目にあるあおぞら銀行新宿支店の前だった。

野崎も林に続いてタクシーを降りた。

林は無言で新宿支店の建物を見上げていた。

「三十五年前、初めてここに立った時のことを、今でもハッキリと覚えている。嬉しくて、誇らしくて、足が震えて動けなかった」

野崎は林の後ろに立ち、同じように見上げた。

「私は君を憎む」と林は見上げたまま言った。

「はい」

「私が失脚したからではない。罪を暴き立てられたからでもない。……三十五年間、あおぞらのために尽くした。その私があおぞら自身から犯罪者として告発される。これ以上の屈辱はない」

「お気持ちはわかります。しかし、犯罪は犯罪です」

林は振り返った。その目は憤りで赤く染まっていた。

「君は間違いを犯さないのか!? 人は過ちを犯すものであり、人の行為は動機から判断されるべきだ！」

通行人が林の怒声を聞き、遠巻きに二人を避けて歩いていく。

「私は銀行のため……、銀行の未来を案じて……、その私がなぜ銀行に告発されるのだ！」

「あなたはさっき、誇らしかった、と言いました。あなたの行為は、その誇りであるあおぞら銀行を裏切る行為じゃないですか？」

「どうして私なんだ……」と林は俯いた。「みんなずっとそうやってきたじゃないか」

「あなたが切り捨てた阿部君も同じ気持ちだったと思います。あなたはずっと責任を他の人間に押し付け、回避してきた。そのツケが回ってきたのです」

林が顔を上げ、野崎を見た。

「あなたを訴えなければ銀行が窮地に立たされる。そういう時代なんです」

「因果応報か……」

林は野崎に背中を向け、再び新宿支店を見上げた。

「私はつい最近まで自分を人生の勝者だと思っていた。だが違っていたようだ」

そう言う林の背中は微《かす》かに震えているように見えた。

「最後に笑うのは、誰なんだろうな……」

「全てを話していただくわけにはいきませんか？」

「私にも、私なりの美学がある」

「そうですか。……失礼します」

野崎は深々と頭を下げ、その場を後にした。

駅へ向かって歩く野崎に、誰かが後ろから声をかけた。

「やはり不正を働いたのは林専務でしたか」

振り向くと、小柄な男が立っていた。

「どうも。毎朝新聞記者の柏木龍馬《りようま》です。記者会見でお会いしましたよね」

柏木は名刺を差し出した。

「林専務のことは来週まで書かないでもらえませんか？」

野崎は慌てて柏木に言った。

「いいですよ。俺が興味があるのはあなたなんで」

「私？」

「歩きながら話しましょう」

野崎と柏木は並んで歩き出した。

「あなたのこと、ちょっと調べたんですよ」と柏木は小さな手帳を開いた。「本店エリートから挫折、出向、復帰後監査役に昇進、今回のご活躍……。いやー、波瀾万丈の人生ですね」

「皮肉ですか？」

「いやいや。……私はね、あなたが金融界をひっくり返す人物になるんじゃないかと思っている。だから興味があるんです」

「言ってる意味がわかりませんが」

「これでも人を見る目は確かなんですよ。ただ夢中になると首を突っ込み過ぎるのが玉に瑕《きず》ですがね」

柏木は肩を揺らして笑った。

野崎はバカにされているような不快感を覚えた。

「話はそれだけですか？」

「まあ、そうつんけんしないで下さいよ。これからも末永くお付き合い、お願いしますよ」

柏木はそう言うと夜の街に消えていった。

林の告発の準備はなかなか進まなかった。

銀行の仲間を告発するという行為は、思った以上に他の行員たちの反発を招き、多くの部署が監査役室への協力を渋っていた。

野崎は石橋や美保と膨大な資料を調べるが、三人だけでは遅々として進まなかった。

今日も気が付くと夜八時を過ぎていた。

「野崎監査役」と美保が言った。「お疲れみたいですよ。今日は早めに切り上げたらどうですか？」

「そうですね」

野崎は瞼《まぶた》をマッサージして言った。

石橋も「あぁー」と大きな伸びをした。

「広報部から、テレビへの出演依頼が来ました。明後日の夕方、東京テレビのサテライトビジネスニュースです。生放送だそうですが、どうされますか？」

「テレビですか……。出ない方がいいのかもしれないな」

野崎は考えながら言った。

「私がテレビに出ることで、守るべきはずの行員たちが傷ついている気がして」

「監査役……。どうしてみんな監査役のことを理解してくれないのでしょう」

「銀行に入って、人一倍高い給与と社会的な保障を与えられていたら、銀行に恩義を感じ、かばおうと思うのは当然かもしれません」

「行員たちは、きっと方向と目的を見失って迷っているんじゃないかと思うんです。今度は行内に向けてきちっと銀行員としての道を指し示してみたらどうでしょう？」

「でも、それは監査役の仕事では……」

「私は野崎監査役が適任だと思います。その必要性を、一番痛感していらっしゃる方だと思いますから」

美保は笑顔で野崎を見た。

「ありがとう。君の心遣い、感謝します」

野崎は笑顔で言った。


東京テレビ本社のスタジオは、生放送前の慌ただしい雰囲気に包まれていた。

生放送のニュース番組が始まる。

キャスターの質問に、いつものように答える野崎。責める口調のキャスターの質問に、野崎は真摯に答えていった。

スタジオの隅のモニターで、石橋と美保が心配そうに見ていた。

ニュースは終わりに近づいていた。

「今日はあおぞら銀行監査役、野崎修平さんにお越しいただき、お話を伺いました。最後に野崎さん、何か視聴者にメッセージはありますか？」

キャスターが野崎に振った。

野崎は大きく息をつき、真っ直ぐカメラを見据えて話し始めた。

「あおぞら銀行の行員たちに伝えたいことがあります」

フロアディレクターが、『視聴者に向けて下さい！』と殴り書きのカンペを出すが、野崎はお構いなしに続けた。

「先週の記者会見、さぞや驚かれたことと存じます。残念ながら、当行の役員が不正に関わっていたことは事実です。当行は近々、この役員を告訴致します」

美保と石橋は、固唾を飲んでスタジオの隅のモニターに映る野崎を見守った。

「役員の一人として、この不祥事に関してみなさんに深くお詫《わ》び申し上げます。どうか、我々経営陣がこの問題にどう取り組むかを見守っていて下さい」

野崎はカメラを見た。その黒いレンズの向こうに、多くのあおぞらの仲間たちが見える気がした。

「銀行は変わらなければなりません。みなさんの多くは真面目で実直な銀行員です。それが一部の人たちのために何故という疑問はあると思います。しかし、私たちに甘えはなかったでしょうか？　見て見ぬふりをしていなかったでしょうか？　これくらいのことは許されると、タカをくくっていなかったでしょうか？　……私たちはまず、社会に受け入れられる『良き社会人』になるべきです。その先に初めて『良き銀行員』があるのです。銀行にしかないルール、銀行員の間だけで通用する常識など、ありえないのです」

モニターを見ていた美保が、いつの間にかカメラのすぐ後ろにきて、野崎の話を聞いていた。

「みなさん、どうか今一度、入行当時のことを思い出して下さい。初めてあおぞらのバッジを胸にして晴れがましく思った時……、初めて行員バッジをつけ、気が引き締まった時……。あの時、あの場所こそ、私たちが今一度立ち戻らなければならない原点なのです」

野崎はカメラをしっかりと見据えた。

「一からやり直しましょう。あおぞらを再生させるのは、誰でもないあなた方、一人一人なのです」

話し終えたところで番組は終わった。

スタジオにスタッフの「お疲れさまでした！」という声が響いた。

カメラのすぐ後ろで、美保が泣きながら小さな拍手をしているのが見えた。

第二章　G1計画

1

野崎と京極を乗せた車は、滑るように門を通過した。

都心とは思えないほど広大な庭園が広がっている。やがてヘッドライトの中に瀟洒な洋風の建物が浮かび上がってきた。

二時間前、野崎は頭取の京極から突然電話を受けた。

「食事でもどうです？　あなたのおかげで林君の件もひと段落したことですし」

そんな経緯で、野崎は京極の車に乗り、ここにやってきた。

車を降りた野崎は、京極について建物の中へ入る。内部もまた、上品な装飾に彩られた豪華な内装だった。

「ここは……？」

野崎は建物に圧倒されながら京極に訊いた。

「選ばれた会社の経営者と、その同伴者しか入れない倶楽部です」

京極はそう言うと大きな扉の前で立ち止まる。丁寧な仕草の案内係が扉を開けた。京極はためらうことなく中に入っていく。野崎も慌てて後に続いた。

間接照明が柔らかく照らす広々とした室内で、何組かの客が食事を楽しんでいた。

「あれが大日本製鉄《だいにほんせいてつ》の川上《かわかみ》会長、あちらが帝国商事《ていこくしょうじ》の宮脇《みやわき》社長、三友銀行《みつともぎんこう》の石田《いしだ》頭取も来ていますね」

京極は慣れた様子で軽く会釈をしながら間を通っていく。そして案内された席に着く。野崎も同じように席に着いた。

「君はこのような倶楽部が嫌いなようだが、役に立つこともあります。ここでいくつもの提携話がまとまりました」

京極は渡されたメニューを開きながら野崎に言った。

野崎は周囲を見回す。野崎でも知っている経済界の大物の顔が確認できる。「喉から手が出るほど、ここに入りたいと思っている人間もいるのだろうな」と野崎は思った。

「今日のメインは何かね？」

「鴨《かも》のコンフィ、季節野菜を添えて、となっております」

京極はギャルソンと慣れた様子で話していた。

「ここの鴨はなかなかいけますよ。鴨でいいですか？」

京極が野崎に訊いた。

「え？　はい。お任せします」

京極は微笑み、料理とワインを素早く選択した。

「こういったレストランは慣れていなくて。いつも妻が選んでくれるものですから、私は全く……」

「ホッホッホッ」と京極は笑った。「いい家族をお持ちだ」

「はい。本当に自分は家族に恵まれたと思います」

「奥さんとは大学の同級生だったと聞きましたが」

「はい。同じゼミでした」

野崎は注がれた赤ワインを一口飲んだ。ワインには全く詳しくない野崎でも、一口で高級だとわかる味だった。

「頭取は……」と野崎は口を開いた。「林元専務をどのように評価されていたのですか？」

「そうですね……。優秀な銀行家だと思いますよ」

京極はワインを味わうように口に含んだ。

「一昔前なら、ですが」

野崎は京極の真意を汲《く》み取ろうと表情を窺った。いつもと同じ柔和な表情を崩さない。

「しかし、彼は平時の人間だ。今は戦国時代。銀行が倒産したり、海外資本に買収される時代です……。食うか食われるかです。何が起きるかわからない。そんな時代で、能吏ではあおぞらの舵取《かじと》りはできません」

「だから武田専務を呼び戻したのですか？」

「彼もまた、平時ならあおぞら興産の社長で終わっていたでしょう。運命とは誠に皮肉なものです」

「時代によってトップに要求される能力が違う、と頭取はお考えですか？」

「全ての能力を備え、緻密で冷静で大胆な男ならいかなる時代でも通用するでしょう。しかし、そんな人間はいないし、いたら気持ちが悪い。人間は欠点があるから面白い」

京極は運ばれてきた前菜を食しながら、楽しそうに笑った。

「では、京極頭取はどのようなお人柄なのでしょうか？」

「私ですか」と京極は野崎を見た。その目から、一瞬、微笑みが消えたように野崎は感じた。

「私は、ある意味では、悪魔に魂を売り渡した男かもしれません」

京極は鴨にナイフを入れ、口に運んだ。

「銀行……、いや、金融は大きく変わる。それも過去に経験をしたことがないほど短い間に激しく。あおぞらは金融コングロマリットを目指さねばなりません」

コングロマリットとは多角的複合企業体のことだ。銀行の他、証券や保険を包括する広範囲の金融サービスを提供する企業を、京極は目指すと言っていた。

これまでは伝統的に銀行と証券会社、保険会社は互いのビジネスを営むことを禁じられてきた。銀行業、証券業、保険業の間には厳格な垣根が築かれ、それぞれ独立した機関によって担われてきたという歴史がある。

九〇年代に入ってから、世界的にその枠組みが変わりつつあった。日本でも規制緩和の流れの中、大規模な金融制度改革、いわゆる『金融ビッグバン』によって、金融コングロマリットの組成が可能となるのではないか、と囁《ささや》かれていた。

「それは今のあおぞらの体力では苦しいのではないかと思います」

野崎は率直な意見を言った。

「確かに。今やあおぞらは大手の中では下位……。今後の銀行再編の中で生き残れるギリギリのラインです」

京極はワインを傾けた。

「上位の丸菱、三友、東亜《とうあ》、関東第一《かんとうだいいち》の各行は生き残るでしょう。だがここに落とし穴がある」

眼鏡の奥の目が鋭く野崎を捉えていた。

「彼らは独自路線を貫く。海外の資本注入には行内や取引先のコンセンサスも取りにくい。だが、後がない当行は、海外との提携も積極的にこなしていくことができる」

「では……」

「あおぞらは業務をすべて子会社化し、最終的には五千人、いや三千人以下の持ち株会社になる。その上で、海外の金融機関と連携し、真の意味での国際金融機関となる」

京極はナプキンで口元を拭き、肘をテーブルについて胸の部分で両手を合わせた。そして野崎に言った。

「これからあおぞらは地図のない荒れた海原へ航海に出ます。私のような年寄りでは船長は務まらないかもしれない。……その時の頭取は、武田君か、君だと思っています」

「え……？　私はとても……」

突然の発言に野崎は言葉が続かない。

「謙遜は美徳ではありません。君たちの競争なくしては、あおぞらは浄化できないでしょう。君たちがあおぞらの生き残りを賭けて当行を再生しようとすれば、きっと私が予言する方向に動きます」

京極はコーヒーを飲んだ。

「私はあおぞらを世界最良の金融機関に育て上げようと思っています。そのためには手段を選ばないつもりです」

京極はデザートのケーキを口に運んだ。

「君は私を支える片翼だ。がんばってくれたまえ」

「頭取のその国際金融構想に……、政治力は必要なのでしょうか？」

京極は含み笑いを漏らした。

「もちろん必要でしょう。それも高度な政治力が」

野崎はその表情を見て、「この人は、端《はな》からあおぞらの実権を譲ることなど考えていない」と思いながらコーヒーを飲んだ。

エスプレッソの濃い苦みが口の中に広がった。

翌週開かれた定例の取締役会で、京極は『あおぞら銀行再生委員会』を新たに設置することを宣言した。

寝耳に水の役員たちに動揺が広がった。

「委員長は武田君についてもらいます。では武田君、よろしく頼みます」

京極がそう言うと、武田はゆっくりと立ち上がった。

「今、あおぞらはゆでガエルと化している。瀕死の状態だというのに行員たちにはまったく危機感がない。これでは話にならん。俺は半端な再生をするつもりはない」

役員たちに武田の再生案が配られた。

「こりゃ無茶です！　大変なことになる！」

それを見た役員の一人が思わず声を上げる。野崎もその内容に声を失った。

人員削減　　1万5千人↓1万人
保養施設　↓すべて廃止。売却
支店長寮　↓すべて廃止。売却
家庭寮　　↓都心部の8割を売却
給与　　　↓一律20％カット

以上を1999年度中に実施

武田は声を上げた役員をジロリと見た。

「これくらいやらなければあおぞらは再生せん！」

武田の迫力に圧され、役員たちは黙り込む。

「施設の売却は資産管理部に指示を出し、ある程度の目処《めど》は立っている。あとは総会の承認を得られれば実行できる状態だ。人事案については、各地区ごとに人員削減の目標を振り、リストを作らせる。子会社出向もさせない。退職させる。主なターゲットは四十代、並びに三十代のバブル採用の男性行員。コイツらは無駄に人件費が高いからな」

野崎が手を上げた。

「施設売却はともかくとして、森山人事部長、いかがです？　一気にこれを実行すれば、モラルハザードが起きませんか？」

「それは……」

人事部長の森山は武田の顔色を窺う。

「構わん」と武田。「待遇が悪くなって不正をするような輩《やから》は、いずれ犯罪に走る。そんなヤツは端からあおぞらに必要ない。防止よりも検挙に力を入れろ」

「最初から人を疑うようなシステムでは人は育ちません」

「何を甘いことを言ってやがる。銀行の伝票をダブルチェックするのはなぜだ？　大金庫の鍵とダイヤルを別々に管理するのは何のためだ？」

　武田がギロッと野崎を見た。

「元々、銀行は働く人間を疑っているんだ。中途半端が一番悪い。人も育たんし、不正も起きる。信賞必罰。銀行の待遇と犯罪の発生率は関係ない」

　武田と野崎は睨み合った。

「意見は出そろいましたね」

　おもむろに京極が立ち上がった。

「武田専務、施設売却と経費削減に関しては、引き続き進行して下さい。しかし、人員削減案に関しては、しばらくストップさせて下さい」

「私のやり方が間違っていると？」

「そうではありません。急激なリストラで行員にモラルハザードが起きては何にもなりませんから。バランスの問題です」

　武田は舌打ちして椅子に座った。

　野崎は京極に頭を下げ、腰を下ろした。

「君は私を支える片翼だ。がんばってくれたまえ」

　先日、レストランで聞いた京極の言葉を野崎は思い出していた。

2

「銀行は未曽有の危機の中にいます」

　あおぞら銀行本店の大会議室のステージの上、京極が観客席に向かって話していた。

　野崎は京極の後ろで、他の役員と一緒に並んでいる。

　大会議室には、あおぞら銀行の支店長たちが全国から集まっていた。間近に迫ってきた株主総会に向け、「全国支店長会議」が開かれていた。

「来年、このあおぞらがなくなっていようとも、何ら不思議はありません。一人一人が、退職しようが、外資に行こうが、一人になろうがやっていける。それだけの覚悟と力のない支店長は、去ってもらうしかありません」

　京極が支店長たちに向かって語りかけた。支店長たちは真剣な眼差《まなざ》しで京極の話を聞いている。野崎は支店長たちの顔を見渡しながら、「果たして、この中の何人が真の危機感を抱いているのだろうか……」と思った。

　これから株主総会に向けての準備が慌ただしくなっていく。この株主総会をいかに滞りなく乗り切るかは銀行にとっての最重要事項である。株主総会が紛糾したり長引いたりすると、マスコミに報道され対外的なイメージダウンにつながってしまうからだ。

　そんな状況に付け込んで、「総会屋」と呼ばれる者たちが幅を利かせていた。総会屋とは、株を若干数保有している株主で、企業のスキャンダルをめぐって総会を荒らしたり、逆に仕切ったりすることで、企業から利益供与を受ける。総務部は、総会屋たちに事前に根回しをして、いわゆる〝シャンシャン総会〟で平穏に株主総会が終わるように準備をするのが慣例となっていた。

ステージ上では、総務部長の菊山が総会に向けての注意事項を話し始めた。

野崎は支店長たちの顔を見ていった。その中に、ひと際目を惹《ひ》く美しい女性がいた。四十代になったばかりだろうか。セミロングの黒髪に聡明そうな瞳、スッと鼻筋が通っている。会場には、女性は彼女一人だけだった。

「支店長かな？　……ウチに女性支店長っていただろうか。支店長代理かもしれないな」

野崎が取りとめもなくそんなことを考えていると、その女性が野崎の方に視線を向けた。

ドキッとする野崎。女性は野崎と目が合うと、微笑んで会釈をした。爽やかな笑顔だった。

「きれいな人だな」

野崎は思った。

支店長会議の後、同じ会場で懇親会が開かれた。オードブルやサンドイッチなどの軽食に、ビール、ワインといったアルコールも振る舞われた。

会場の中央に人だかりができていた。中心にいるのは先ほどのきれいな女性だった。多くの管理職の男たちが彼女を取り巻いていた。

「気になりますか？　当行初の女性支店長ですよ」

野崎が女性を見ていると、検査部長の渡辺が野崎のグラスにビールを注ぎながら言った。

「ああ、彼女が」

野崎は、先月の社内広報誌に、そんな話題があったのを思い出した。いつも取締役会の議事録くらいしか読まないのだが、写真が載っていたので印象に残っていた。

「美人ですね。……でも意外です。野崎さんが女性に目を止めるなんて」

渡辺がニヤッと笑った。

「そんなんじゃないですよ」と野崎は慌てて否定した。「ただ、支店長会議にも女性が来るような時代になったんだな、と思っただけですから」

その時、その女性が取り巻きの輪を抜けてツカツカと野崎のもとへ歩いてきた。

「野崎監査役ですね」

「え？　あ、はい」と野崎は突然のことに驚きながら答えた。

彼女を取り巻いていた男たちの羨望と嫉妬の混ざった視線が集まってくるのを野崎は感じた。

「東銀座支店長の橘《たちばな》祥子《しょうこ》と申します」

彼女は深々と頭を下げた。

「初めまして」

野崎も礼をした。

「監査役に折り入ってお話がございます」

「はい？」

野崎は戸惑いながら言った。


懇親会が終わった後、あおぞら本店のほど近くにあるホテルのラウンジで、野崎は橘と話した。

「何ですか？　話というのは」

「私、先月、東銀座支店に着任したのですが、着任早々、こんなことがありました」

橘は先日支店で起きた出来事を話した。


橘は、あおぞら銀行初の女性支店長に抜擢され、東銀座支店を任されていた。東銀座支店は、銀座の昭和通りに面した一角にある、あおぞら銀行の中でも歴史ある支店だ。

「何ですか？　話というのは」

「私、先月、着任したのですが、着任早々、気になることがありまして」

「気になること？」

「はい。あるご高齢の女性が支店に見えられ、すごい剣幕で、私に〝人殺し〟〝ビルを返せ〟と……」

野崎はコーヒーカップを口に運ぼうとして、その手を止めた。

「どういうことですか？」

「副支店長によると、木村《きむら》ウメさんというおばあちゃんだそうで、時々やってきては窓口で文句を言うそうなんです。事業の失敗で、ちょっとボケてるから、あまり気にしなくていいと」

「それにしても人殺しって……」

「はい。私も気になって、副支店長にそれとなく問い詰めたのですが、全くの言いがかりだと言っていました」

静かなラウンジで、橘は声を潜めるように身を乗り出して話を続けた。

「ウメさんとご主人は、長年、銀座で洋装店をやっていたそうなんですが、ウチの融資を受け、テナントビルを建てたんです。しかし、このご時世で思うようにテナントが集まらず、返済できなくなり、会社は昨年倒産しました。担保になっていた土地とビルは競売にかけられることが決まったそうです」

「それで……、どうして人殺しと？」

「会社の倒産直後、ご主人が亡くなられたということです。……ウチとの直接の因果関係はないと思いますが、どうも引っかかってしまって」

「なるほど。そんなことが……」

野崎はコーヒーを飲んだ。

「それで過去の経緯表を調べてみたんですが、なぜかその木村ウメさんの会社、木村洋《よう》装店《そうてん》のファイルが見当たらないんです」

「見当たらない……？」

「はい。経緯表は保管年限がある公式文書ではありませんが、取引先との過去の経緯を知る大切な資料です。通常なら、ないはずがないんですけど……」

「そのとおりです。おかしいですね」

「当時の担当者は出向していましたので、人事部に問い合わせてその会社に連絡をしたんですが、いつも不在なんです。……そのうち、やんわりと圧力をかけられました」

「圧力？　どこからですか？」

「業務推進部の西條《さいじょう》部長です。余計なことはせずに今の仕事に専念して下さい、と」

「業務推進部？」

「はい。木村洋装店の不良債権は、東銀座支店から不良債権を集中的に処理する業務推進部に移管されたんです。資料も全部、そっちに移されたみたいで……」

業務推進部は、バブル崩壊後の九七年に新設された部署だった。不良債権を適切に処理するために作られた部署だと聞いたことがあった。

「今までの私なら、この件は見て見ぬふりを決め込んだかもしれません。でも、先日、テレビでの野崎監査役の演説を聞いて感激し、あおぞらの人間として恥ずかしくない仕事をしようと思いました」

橘は熱い視線を野崎に向けた。

「少しでも疑問があれば調べてみたいんです。支店長という立場を頂いたなら尚更です。ただ、私にはどうしたらいいか……」

橘が野崎の顔をじっと見ている。野崎は慌てて視線を外した。

「わかりました。調べてみましょう」

「ありがとうございます」

野崎は自分の演説で変わろうとしてくれた行員がいたことが素直に嬉しかった。

翌日、野崎はさっそく業務推進部へ行った。

「東銀座支店取引先の木村洋装店のファイルを見せてほしい」

業務推進部の行員たちは野崎を見て露骨に嫌そうな顔し、それを隠そうともしなかった。

「どちら様ですか？」

一番近くにいた男性行員がぶっきらぼうに言った。その突き放した態度に、野崎は腹立ちを覚えた。

「監査役の野崎修平だ」

「少々お待ちください」

男性行員は面倒臭そうに立ち上がり、奥のデスクへ行った。

そこの男と二言三言交わすと、男が立ち上がって野崎の方へやってきた。

「これは野崎監査役。御用があればこちらから出向きましたのに」

男は野崎に「業務推進部長の西條です」と名乗った。

西條は行内でもキレ者と噂される人物だった。確かパリ支店から戻ってきたばかりのはずだ。スラッと身長が高く、高級そうなスーツを着ても嫌味な感じにならない。切れ長の目が、冷たい印象を与えている。

「東銀座支店取引先の木村洋装店の稟議ファイルが見たいのだが」

「ではこちらで探して持参いたします」

「今、見せていただきたい」

野崎の言葉に、西條の眉がピクリと上がった。

「野崎監査役、私は、監査役が使用人に対して報告を求める権限を有しているという商法の規程は存じ上げております。ただし、のべつ幕なしその権限を振りかざされても困ります。我々にもデイリーワークがあり、予定があります。今度からは然《しか》るべきルートにて資料の提出をご依頼下さい」

野崎と西條が睨み合う。二人の間に緊張が走った。

「それは申し訳ない。権限を振りかざすつもりはなかったんですが」と野崎は頭を下げた。「ただ、ありのままの情報を見たかったのでね」

西條は不敵に笑った。

「それは、私どもが何か操作をすると言いたいのですか？」

「そうは言っていません。ただ、現場の生の声、生の情報、それが私の一番必要とするものです」

再び野崎と西條の視線がぶつかった。

「今日は戻ります。木村洋装店のファイル、よろしくお願いします」

野崎はそう言うと業務推進部を後にした。

「西條か……。頭のキレそうなヤツだな」

エレベーターで監査役室へ向かいながら野崎は思った。


「何ですか、これは」

二日後、再び業務推進部を訪れた野崎は、西條が差し出した資料を見て思わず呟いた。

西條は何も言わずに冷ややかな視線を野崎に投げかけている。

西條が差し出したのは、融資の稟議書と簡易な事業計画、木村洋装店の事業報告書だけだった。

「こんな通り一遍の資料を要求したのではありません！　得意先係の経緯表はどこにあるんですか？　経緯表には融資に至った経緯や担当者の意見も記されているはずです」

「当方にはありません」

「東銀座支店の資料は全部あなた方が持ち出したはずです」

「そう言われましても……、ないものはないんです」

西條は表情を一ミリも変えずに言った。

「仕方ありません。しかし、もし、あなたの部署から更なる木村洋装店に関する資料が見つかった際は、監査業務違反で相当の処罰を受けるものと覚悟して下さい」

「喜んで」

西條は不敵な笑みを浮かべた。

野崎は怒りを抑えて立ち上がった。そして業務推進部を出ようとする。その時、西條が言った。

「監査役というのも因果な商売ですな。あなたはあおぞらから給与をもらっていながら、経営陣や同僚を疑い、監視する……。悲しいと思いませんか？」

野崎は振り返った。

「それが監査役の仕事です」

監査役室に戻ると、橘が訪ねて来ていた。

「申し訳ありません。突然、お邪魔して」

「とんでもありません」

ちょうどお昼の時間になったので、役員用食堂で昼食を摂ることにした。

社員食堂とは違い、高級レストランのような内装の役員用食堂を見て、橘は「いいですね、毎日、こんなところでお食事できて」と言った。

「滅多に来ないんですけどね」と野崎は頭を搔いた。「私には下の社員食堂の素朴なメニューが合っていますから」

野崎は日替わりパスタのランチコースを、橘はチーズリゾットのランチコースを注文した。

食事を摂りながら野崎は言った。

「木村洋装店のことを教えていただけますか？　なかなか資料が手に入らなくて」

「業務推進部にはなかったんですか？」

「なかなか協力を得られなくて」

「やっぱり何かあるんでしょうか？」

「今の段階では、まだなんとも……」

「そうですか。私が把握していることをお話しいたします」

橘によると、木村洋装店は、銀座の裏通りで長年商売をしていた。

店舗兼住宅のあった五十坪ほどの土地は木村洋装店のもので、そこにあおぞら銀行の主導で店舗と住居を含んだテナントビルを建てることになった。あおぞら銀行は木村洋装店に百億の融資を実行したという。

「元々洋装店ですから収入も限られており、くわえてバブル崩壊でテナントも集まらず、返済が滞ってしまったようです。昨年、ご主人が亡くなり、洋装店の方も倒産……」

「それでその土地とビルが当行のものに……」

「はい。来月、競売にかけられるそうです」

野崎は食後のコーヒーにミルクを入れてかき混ぜた。一筋のミルクがすぐに広がり、コーヒーの色を変えた。

「残念です。木村洋装店さんとは、先代からの五十年以上にわたるお取引だったそうですから」

「親しい取引先に無理な融資をした途端に見放す。バブル時の典型的な構図ですね」

「私はこの構図を何とかできないかと思っています」と橘は言った。

「と、言うと？」

「もちろん法的に銀行の落ち度はありません。しかし、何らかの救済制度があってもいいのではないかと思うのです。銀行にだって公的資金が投入されたんです。バブルの犠牲者である借主も保護されるべきです」

野崎はその話を感心して聞いた。「この人は俺と同じ考え方をもっているのかもしれない」という思いを抱いた。

「木村洋装店に行ってみたいのですが」と野崎は言った。

「監査役、自らですか？」

「はい」と野崎は笑顔で言った。

銀座の昭和通りから一本裏手に入った通りに木村ビルはあった。立派な鉄筋のビルで、過度とも思える装飾が施されていた。

「閉まっていますね」

格子のシャッターが下りている入り口から中を覗いて野崎は言った。

「まだウメさんはここに住んでいるはずですが……」

橘がそう言った時、二人の後ろから声がした。

「あおぞらだね」

振り向くと一人の老婆が立っていた。野崎は彼女が木村ウメであるとすぐにわかった。

ウメは野崎を見た。野崎も目を逸らさず、ウメの視線を正面で受け止めた。

橘が頭を下げる。

「上がんなさい」

ウメは裏口に回り、ドアのカギを開けて中に入った。野崎と橘も続く。

入った先はウメの住居スペースだった。引き戸を開けると和室になっており、仏壇と遺影があった。遺影はウメのご主人なのだろう。

「じいさんの前で謝れ」

ウメは野崎と橘に言った。

「お前らが殺したんだ！　すみませんでしたと手をついて謝れ！」

突然のことに野崎は戸惑った。橘も同様に立ち尽くしている。

「さあ、謝らんか！」

ウメはなおも謝罪を要求した。

橘が膝をつこうとする。野崎はその腕を摑み、膝をつくのを阻んだ。

「謝ることはできません」

野崎は言った。

「何だと！」

「謝るのは、私どもが本当に悪いと思った時にさせて下さい。今、謝っては、この場を取り繕う上っ面だけのことになってしまいます」

ウメがジロリと野崎を見る。

「こちらの件に関しましては、精一杯調べさせていただきます。そして事実が判明した時点で謝罪させていただくのが一番ではないかと思います」

「それは……、いつわかる？」

「これから調査いたしますが、いつとは、まだ……」

「ふん、またそんなことを言ってごまかす気だな」

「決してそんなことはありません。お約束します」

「おばあちゃん」と橘がウメに言った。「野崎さんは監査役と言って、銀行内の不正を正す立場にある人なの。野崎さんに任せておけば安心よ。大船に乗った気でいて下さい」

「いやそういうことでは……」と野崎が慌てて口を挟む。

ウメは橘をジッと睨んで言った。

「もういい。帰ってくれ」

「はい？」

「とっとと帰れ」

ウメに押し出され、野崎と橘は木村ビルを後にした。

「あー、怖かった」

木村ビルを出た橘は言った。

「そうですか？」

橘は時計を見て言った。

「野崎さん、近くにいいお店があるんですけど、いかがですか？」

「え？　今からですか？」

「はい。もう五時半です。戻らなくてもいいんじゃないですか？」

屈託なくそう言う橘に、野崎は違和感を覚えた。本当に木村さんを心配しているんだろうか、と内心思う。

「またの機会にしましょう。今日はこれで」

野崎はそう言って駅へ向かって歩き出した。

3

野崎は木村洋装店のことを調べようとするが、業務推進部の西條の協力が得られず、八方塞がりになっていた。

西條は、あからさまに拒否をするわけではないのだが、のらりくらりと野崎の要求を躱《かわ》し続けた。資料を全部握られている以上、西條が出してくれなければどうにもならない。野崎は苛立ったが、監査役の指示程度ではどうしようもなかった。

「検査部の協力を頼むか」

検査部長の渡辺は、野崎の数少ない行内の協力者だ。検査部が動けば、西條も協力をせざるを得ないだろう。

野崎がそう思っていると、検査部長の渡辺が監査役室にやってきた。

「ちょうどよかった。渡辺さんにお願いがあって、あとで検査部にお邪魔しようと思っていたんです」

「監査役」と渡辺は野崎の前に立った。

「どうしました？」

「私、出向になりました」

「え？」

野崎は驚いた。お茶を淹れようとした美保も、思わずお茶の葉をこぼした。

「このタイミングで、ですか？」

「はい」

「しかし、今の時期に出向とは……」

「この歳になれば、いつ出向になってもおかしくありませんから」

「受けられるんですか？」

「最初の打診ですから、断ることはできると思います」

「では……」

「いい会社なんです」と渡辺は野崎を見た。「出向は大抵、最初の会社が一番条件がいい。後は下がっていくだけです」

「確かにそうですが……」

渡辺は決意のこもった眼で言った。

「出向します」

野崎には他に言うべきことはなかった。

「そうですか」

「私は検査部に二十年います。その間、ずっと同僚を検査の対象として見てきました。社宅だった頃は、検査に行く朝は抜き足差し足で出たものです」

「そんな苦労をされたんですね」

「今では懐かしい笑い話です。ですが、私も普通の社員と同じ目線で仕事がしたい」

野崎は渡辺の本音を聞いた気がした。ずっと同僚の検査をしてきた彼は、自分のための仕事をしたいと心から欲しているように見えた。

「おめでとうございます」

野崎は立ち上がって手を差し出した。

「ありがとうございます」

渡辺がその手を握る。

「これからも頑張って下さい。陰ながら応援しております」

渡辺はそう言うと頭を深々と下げ、監査役室を出ていった。

「寂しくなりますね」

美保が野崎の前にお茶を置いた。

「うん」

野崎は内心動揺していた。唯一ともいえる協力者の渡辺を失うことは大きな痛手だった。木村洋装店の件は、検査部の協力なしには進みそうもない。「圧力がかかった」という橘の言葉を思い出した。もしかしたら木村洋装店の監査を妨害するために渡辺を出向させたのだろうか……。そうだとしたら、この件には役員の誰かが絡んでいることになる。

自宅に帰った野崎は、眠れずに一人、パジャマのままウィスキーを傾けていた。

渡辺を失った大きさが、時間を経るごとに重くなっていく気がした。それと同時に、「銀行の仲間を検査する」という仕事から解放された渡辺を羨ましく思った。

「何かあったの？」

野崎の様子を見に来た彩子が話しかけてきた。

「え？」

野崎は渡辺のことを彩子に話した。

「渡辺さんが羨ましいんでしょ。普通の仕事に戻れて」

彩子はパジャマにカーディガンを羽織り野崎の横に座った。そして野崎の飲んでいたウィスキーを手に取り一口飲んだ。

「監査業務は誰かがやらねばならない。だが、身内を疑うのはつらいものだよ」

彩子はフフフと笑った。

「そう思う人がやるのが一番なんじゃないかしら」

「え？」

「仲間を平気で疑う人に監査されるのは、銀行の人だって嫌なはずです」

彩子は野崎の手を握った。

「そうだな」

「あなたは警察官でも裁判官でもありません。迷い苦しんで会社と法律の狭間に立つ人がいてくれるからこそ、みんな安心して業務に邁進《まいしん》できるんだと思う」

「うん。ありがとう。君は俺の一番の理解者だ」

野崎は彩子の手を握り返した。

「そういえば！」

「え？　どうした？」

彩子はキッチンへ行き、ゴソゴソと何かを取り出した。持ってきたのは、木箱に入った立派な松茸《まつたけ》だった。

「どうしたんだ？　こんな立派なもの……」

「いただいたんですよ。あなたにいつもお世話になってますって」

「誰から？」

「橘祥子さんって方。昼間、持ってこられて。キレイな人ですね」

「ああ、東銀座支店長なんだ」

「最初、東銀座の橘ですっていうから、どこぞのクラブのママさんかと思ったわ。名刺を貰《もら》わなかったら、今日、あなたは家に入れなかったわよ」と彩子は笑った。

「勘弁してくれよ」と野崎は苦笑した。「これ、明日返してくるよ。行員からの付け届けは受け取れないから」

「そう言うと思いました。枝理香はガッカリしますけどね」

彩子は笑顔で言った。

翌日、野崎が「ちょっと出てきます」と監査役室を出ようとしたところ、「どちらへ行くんですか？」と美保が声をかけた。

「東銀座支店へ行ってきます」

そう言うと、美保は立ち上がりじっと野崎を見た。

「あの……、余計なことかもしれませんが、橘支店長には気を付けて下さい」

「え？　気を付けるとは？」

美保は声を潜めて言った。

「告げ口するみたいで嫌なんですけど……、彼女、女子行員の間では評判が悪いんです」

「評判？」

「はい。あの……、その……、女を使うって……」

「え？　……ああ、それは大丈夫です。そういうんじゃありませんから。東銀座支店の案件を調べているだけです」

「それならいいんですけど……」

美保はなおも心配そうに野崎を見た。

東銀座支店の近くの喫茶店で、野崎は橘と会った。

「困ります。こんなことされては」

野崎はテーブルの上に松茸の箱を置いた。

橘はちょっと困惑したような表情を見せた。

「ごめんなさい。松茸はお嫌いでしたか？　やはり松阪牛の方が……」

「いや、そういうことではなく……。行員からの贈り物は受け取れないんです」

「以後気を付けます。本当に真面目な方なんですね」と橘は微笑んだ。

橘と話しているとペースが乱されると野崎は思った。何かが微妙に嚙《か》み合わない違和感を覚える。

「実は、昨日、武田専務がウチの支店にいらっしゃって……」

「武田専務が？」

「はい。この木村洋装店の件から手を引けと忠告してきました」と橘は声を潜めるように言った。「やはり何かあるのでしょうか？」

「何かあると考えるのが妥当でしょうね」

どうして武田が忠告しに来たのだろう。木村洋装店の案件に関わっているのだろうか？　渡辺を出向させたのが武田なら、話の辻褄《つじつま》は合うが……。

野崎は会計をして喫茶店を出た。

「お戻りになられますか？」

橘が訊いた。

「今日は少し周囲の情報を探ってみようと思っています」

不意に橘が野崎の腕を取った。

「お供いたします」

野崎は慌てて腕を外した。美保の「女を使う」という言葉を思い出した。

「すみません。そういうの、苦手なんで」

「本当に真面目ですね」

橘は少し笑った。

野崎は木村ビルに向かう通りを歩いていた。

「この前は気が付かなかったけど、この辺、かなり空き地が多いですね」

「ええ、そうですね」

橘も周囲を見回して言う。

華やかな昭和通りから一本入ったエリアには、小さな商店や老舗の食堂、住宅などが立ち並んでいた。しかし、ところどころに空地や駐車場が散見していた。相続税が払えなくなって手放さざるを得なかった土地も多いのだろう。野崎も支店時代、そういったケースをいくつも見てきた。バブルが崩壊し、再開発もできずに放置されてしまった土地だ。

そんな一角で、ひと際目立つのが木村ビルだった。その立派な建物は周囲からは浮いていた。

「どうしてあそこまで豪華なビルを建てたんだろう」

野崎は近くの小さな酒屋に入った。

店内には日本酒や焼酎のビンがポツポツと並んでいる。蛍光灯が外されているので店の中は薄暗く、閑散としていた。とても繁盛しているようには見えない。

「すみません」

橘が声をかけると中から店主らしき男が出てきた。

「いらっしゃい」

野崎は冷蔵庫から取り出したジュースを二本、レジに置いた。

「二百五十二円です」

店主は電卓も叩かずに言った。

「この辺りはずいぶん空き地が多いんですね」

「え？　ああ、バブルの後遺症だよ」と店主はお釣りとジュースの入った袋を差し出しながら言った。「みんな引っ越しちまったからね」

「そうなんですか」

「まあね。再開発をにらんでここも区画整理があってさ、地上げ屋が動いたんだ」

「ここも？」

「ウチにも来たけど、すぐにバブルが弾けちゃったからね。おかげであちこち空き地のままでさ。残った方がよかったのかどうか、考えちゃうね」

「木村さんのところはすごいビル建てているけど、あそこは動く気なかったんですかね？」

「あれだけのビル建てりゃあ動けないさ」と店主は口の端を上げて嫌味そうに言った。

「でもさ、あの時、変な噂があったんだよ」

「変な噂？」

「そう。木村のじいさん、頑として立《た》ち退《の》きに応じなくてさ、それで銀行が上手《うま》いこと言ってビルを建てさせたんじゃねえかって」

「どういうことですか？」

「あんなビル建てたって金なんて返せねえからさ。あそこは最初から取り上げるつもりで銀行が貸したんだって、地上げ屋が言っていたのを聞いたヤツがいて」

「本当ですか？」

「さあねえ。あの頃は何が真実で何が嘘やら。宴《うたげ》の後の今じゃ、何をバカなって話ばっかりだ」

店主はつまらなそうに言った。

野崎と橘は店を出た。

「噂は本当なんでしょうか」

橘が訊いた。

「わかりません」

野崎は改めて木村ビルを見る。噂が本当だったら、あおぞら銀行は最初から返済が無理なことをわかっていて融資をしたことになる。それなら洋装店への百億円という巨額の融資の理由もわかる。しかし、そこまでしてこの土地をあおぞらが欲しがった理由がわからなかった。

当時の担当者は、どんな思いで融資を実行したのだろうか……。野崎の胸にそんな思いが去来した。


その夜、野崎と美保と石橋によって、ささやかな渡辺の送別会が開かれた。山田エージェンシーの案件の時、特別対策本部で一緒に働いた四人には、どこか戦友のような気持ちが芽生えていた。

美保が予約した和食料理店に野崎と渡辺、美保、石橋が集まった。宴は和やかに終わり、近くの個室カラオケ店で二次会となった。

「♪虎だ！　虎だ！　お前は虎になるのだ〜」

石橋がタイガーマスクのテーマソングを熱唱している。美保もタンバリンを手に、ノリノリで踊っていた。

そんな光景を微笑ましく見ながら、野崎と渡辺はしみじみと酒を酌み交わした。

「お疲れさまでした」

「複雑なものですね、出向というのも。もうすぐ銀行に籍もなくなってしまいます。それでも私は、ずっとあおぞらマンなんでしょうな」

　渡辺はグラスを傾けた。

「自分が選んだ会社に長年いられたことは幸せなことです」

「会社とは誰のものなんでしょうね。会社の顔といえば、会長とか社長が出てくる。だが社員のほとんどはトップと話したこともない」

「会社は本来、一人一人の個人が創り上げていくものです。だがあまりにもトップが遠く、人事が見えないと、いつの間にか目の前しか見えなくなる。私たちの力は小さくとも、やはり声を上げていくことが大切なんでしょう」

「そうですね」

「私たちは将棋の駒じゃありませんから」

「そのとおりです。私も、自分の仕事をやり遂げたという充実感はありますが、銀行全体の先行きに少しでも声を上げたかと言われれば……」

「みんなそうですよ。私もたまたま監査役になったからです。……でも、この機会を私は活《い》かしたい。このような立場をいただいたからこそ」

　野崎にスッと手を差し出した渡辺は泣きそうな表情で野崎を見ていた。

「銀行員生活の最後に、あなたのような人物に会えて、本当によかった」

「こちらこそ」

二人は固い握手を交わした。

「置き土産というわけではありませんが、ある人物を紹介しましょう」

「え？」

「もうすぐここに……」

その時、ドアをノックする音が聞こえた。

「おっ、来たな」

渡辺が立ち上がりドアを開けた。

ドアの前に一人の青年が入ってきた。

タイガーマスクを歌い終えた美保と石橋も、入ってきた青年を見ている。

部屋に入って来た青年はペコリと頭を下げた。

「業務推進部所属の坂本正義《さかもとまさよし》と申します」

「業務推進部というと……」と野崎。

「はい。西條部長のもとで働いています」

「実は以前から、彼には協力をしてもらっていて、情報などをいただいているんです。私が出向した後、情報が欲しい時は彼に協力をしてもらうといいと思います」

野崎は坂本をじっと見た。

坂本は少し怯んだような表情を見せた。

「少し不快ない方になるかもしれないが……、私はスパイはいらない」

野崎は強い口調で言った。

いつもとは違う野崎に、美保と石橋は驚きの表情を浮かべた。

「私はスパイではありません」と坂本は言った。

「君が私たちに協力してくれるということは、西條部長を裏切ることになります。その点をどう考えますか？」

坂本は野崎の顔を真っ直ぐに見た。

「業務推進部での僕の仕事は不良債権を付け替えて隠すことです。昨日、西條部長に木村洋装店のことを話しました。自分たちのやっていることは隠蔽工作ではないか、と」

不良債権の付け替えとは、不良債権を関係会社やペーパーカンパニーに付け替えてしまうことだ。銀行から関係会社等へ不良債権を売却し、その売却した不良債権に対し売却の対価として多額の現金などの資産を受け取ることで、銀行本体の総資産額が目減りしないようにするのだ。

坂本は落ち着いた口調で続けた。

「しかし、西條部長は不良債権を表に出し、手の内をさらせば、多くの銀行は倒産か外資の餌食になる、そうなると困るのは取引先だ、と言いました。だから、日本経済の流れの中で、仕方のないことなんだと。僕にはそれが詭弁に聞こえました。……でも反論することができなかった」

野崎は坂本の真っ直ぐな目を受け止めた。

「今、あおぞらは、問題を先送りしているだけです。みんなその場をしのげればいいと思っている。こんなことをしていては、誇りを持って入ったあおぞら銀行が嫌いになるだけです。僕はあおぞらが好きです。ですからどんな誹《そし》りを受けようとも自分の信念に照らして正しいと思ったことをしたいのです」

坂本の目には嘘がない、と野崎は思った。彼もまた、自分と同じくあおぞらに誇りを持っているのだ、と。

「ひどいことを言ってすまなかった。君の決意を聞いておきたかったのです。君は若い。中途半端な気持ちでは、この先の人生を棒に振る。でも、それだけしっかりした考えを持っていれば大丈夫です」

野崎は右手を差し出した。坂本も応じる。

二人は固い握手を交わした。


翌日、監査役室にいた野崎に、東銀座支店長の橘から連絡がきた。

「大変です！　木村のおばあちゃんが倒れました！」

「わかりました！　すぐに向かいます！」

そう言うと、野崎はすぐに監査役室を飛び出した。

築地にある総合病院に、ウメは入院していた。野崎と橘はウメの病室を訪ねる。ウメは弱々しい表情でベッドに寝ていた。

「結論は出たのか？」

ウメは野崎の顔を見て、いきなりそう言った。

「いえ、まだ……」

「フン、そんなことだろうと思った」

ウメは失望したようにそう言うと、寝返りを打って背を向けた。

「調べてはいるのですが……」

野崎が申し訳ない気持ちでそう言うと、ウメは背中越しに言った。

「安藤《あんどう》をここに連れてこい」

「安藤？」

「当時の担当者です」と橘が耳打ちした。

「安藤のせいで全てがダメになったんだ。あの男を連れてくれば全てわかる」

ウメはそう言うと、激しく咳込《せきこ》んだ。

「ウメさん！　大丈夫ですか!?」

橘が声をかけた。

看護師が慌てて駆け付ける。

「木村さん！　どうしました!?」

看護師が背中をさすり、ウメの咳は収まった。

「患者さんを興奮させないで下さい。お引き取り願います」

看護師が言った。

「今日は帰ります」

野崎と橘は一礼して病室を出た。

「持病の高血圧に疲労が重なったようです。申し訳ありません、こんなことになって……」

病院を出たところで、橘が野崎に言った。

「あなたが謝ることではありません」

二人は駅へ向かって歩いた。

ふと、橘が口を開いた。

「そろそろ、この問題からは手を引きましょうか？」

「どういうことです？」

野崎は驚いて訊き返した。

「いえ……、木村のおばあちゃんもあんな状態ですし、これ以上この案件に関わって死なれでもしたら寝覚めも悪いですし」

「冗談じゃない！」と野崎は思わず大声を出した。「このような状態だからこそ、我々は一刻も早く問題を解明する必要があるんじゃないですか！」

「そうですか」

「私はこれから安藤という人に会って来ようと思います。どこの子会社に出向したか、教えてもらえますか?」

「西新橋のあおぞらローンサービスです」

「これから行こうと思いますが、一緒に行かれますか?」

「いえ……、私は業務がありますので」

橋はそう言うと、支店の方向へ歩き出した。

野崎はその背中を見送った。急に橋がよそよそしくなった気がした。野崎には橋の真意がわからなくなっていた。

4

西新橋の雑居ビルに、「あおぞらローンサービス」という看板が出ていた。野崎は入り口にある表示に従って三階へ上がった。あおぞら銀行の子会社のあおぞらローンサービスは、三階と四階に事務所があった。

すりガラスの入っているドアを開ける。二十畳ほどの部屋の中、数人がデスクで仕事をしているのが見えた。

「失礼します。安藤さんはいらっしゃいますか?」

入り口から一番近い場所にいた年配の男性が、面倒くさそうに野崎を見た。

「どちらさん？」

「あおぞら銀行監査役の野崎と申します」

名乗った途端、男はハッとした顔をして「すぐに安藤を呼んでまいります」と頭を下げた。

野崎が応接室で待っていると、一人の男が入ってきた。髪は短く、眼鏡をかけ、ガッシリとした体躯をしていた。

「安藤慎二《しんじ》です」

男はそう名乗ると、野崎の前に座った。

「本体の監査役が何の御用でしょうか？」

「東銀座支店の木村洋装店についてお聞きしたいのですが」

安藤は思い出すように顎に手を当て、「木村洋装店……」と呟いた。

「ああ、木村ビルか」

「あんなすごいビルを建てたのに、覚えていないんですか？」

「もう十年も昔のことですよ。それにあの界隈は富裕層が多いんでね。似たような案件はいくつもありましたから」

安藤は当たり前のことのように言った。

「で、それが何か？」

「当時の経緯を知りたいのです」

「支店で資料を見て下さいよ」

「その経緯表がないんです」

「ハハ」と安藤は乾いた笑いを漏らした。「バブル時代のヤバい案件は焼却したのかな」

「ヤバい、とは？」

「まあ、言葉のアヤですよ。あの時代は、ヤバいと言えば全てがヤバかったですから」

「簡単な経緯だけでもいいんです。教えて下さい」

野崎は食い下がった。

安藤は少し考えてから、重たそうに口を開いた。

「よくある普通の案件ですよ。土地がある。相続税が莫大《ばくだい》になる。借金をして相続税を楽にしましょう……。それだけです」

「その割にはビルが立派すぎませんか？」

「あそこの爺《じい》さん、派手好きだったから。……元気ですか？」

「お亡くなりになりました」

「えっ!?」

安藤の表情に、一瞬、動揺が見られた。

「それに木村洋装店は、当時の借入金返済ができなくて破産しました。来月にはあのビルも競売にかけられる予定です」

「競売……」

安藤は戸惑った顔で呟いた。

「何か思い出していただけましたか？」

野崎は安藤の表情を探りながら訊いた。

「いえ、特に……」

安藤は視線を逸らし小さな声で言った。野崎はその顔を見ていた。安藤も野崎の視線に気が付く。

「なんですか？」と安藤は震える声で言った。「僕の責任だとでも言いたいんですか？」

安藤は立ち上がった。

「冗談じゃない！　確かに今となれば無茶だったかもしれない。だがバブルの当時は普通の案件だったんだ！　それに僕の責任というなら、僕はすでに責任を取っている！」

「出向のことを言っているんですか？」

「そうです」と安藤は自嘲気味に笑った。「四十代になったばかりでここに片道切符ですよ。給料だって間もなく同期の半分くらいになる。この先ずっと住宅ローンの審査書類に追いまくられる……。僕は……、僕は……」

野崎は立ち上がった。

「また来ます」

去ろうとした野崎に安藤は言った。

「もう来ないで下さい。あなたがあおぞらでどんなに偉かろうが、今の僕には関係ない」

野崎は答えずに部屋を出た。

ビルを出たところで野崎は振り返った。三階の窓の「あおぞらローンサービス」という文字を見た。

野崎は、自嘲気味に笑う安藤の顔を思い出した。銀行に絶望しながらどうしていいかわからず、複雑な想いを抱えている顔だった。

「私がいる」

野崎は思った。安藤は、あおぞらファイナンスに出向して荒んでいた頃の野崎そのものだった。

心のどこかにやましさがあるんだろう、と野崎は思った。

バブルの頃は、何もかも異常だったのだ。まるで熱病に侵されたように、みんな熱狂し、みんな正常な判断ができなくなっていた。誰も取引先を苦しめようなんて思わなかった。だが、バブルが崩壊し、当時の案件で多くの取引先を苦しめることになってしまった。

バブルは終わっていない。

どんなに不良債権処理が進もうが、取引先と行員の心の傷が癒えない限り、本当のバブル終結とはいえないのだ。

監査役室へ戻ると、美保が野崎に封筒を差し出した。Ａ４サイズで二センチほどの厚みがあった。

「先ほど、坂本さんが持ってきました」

野崎は中を見る。木村洋装店の経緯表だった。おそらく坂本は危ない橋を渡って手に入れてくれたのだろう。野崎は坂本の真っ直ぐさが心配になった。

さっそく中を見る。

読み始めた野崎は愕然とした。

木村洋装店の店主、木村政三《せいぞう》はビルを建てるために隣の駐車場も購入していた。そして自分の土地と購入した土地と合わせて木村ビルを建てていた。ビルの仕様も必要以上に豪華だった。高名な建築家、大理石に特注の過剰設備。まさにバブル仕様だ。

もちろんあおぞら銀行が融資している。その額は百億円にも上っていた。無理やりの土地購入と豪華な仕様で、融資額は莫大に膨らんでいた。

「こんな過剰融資で……。弁済計画はどうなっているんだ？」

野崎はページをめくる。

「資産価格の上昇を勘案すれば不測の事態においても懸念なし」

弁済計画の見解にはそう書かれていた。

「なんだ、これは……」

木村洋装店は、先代から数えて八十年以上、東銀座に根差してきた。腕のいい店主の作るオーダーメードスーツは本物志向の多くの顧客を獲得していたし、地元の中学校や高校の制服も担当するなど、地道に商売を続けてきた。

そんな堅実な商店が、いきなり百億円の負債を抱えて返済していくなど不可能なことは明らかだ。

それを「資産価値の上昇」などという文言でごまかし稟議を通す。最初からまともに返済させる気などないのだ。担当者が言葉巧みに木村夫妻をその気にさせ、無理な融資を実行したのは容易に想像ができた。

野崎は暗澹《あんたん》たる思いになる。これがバブル時代の実態だった。こんな案件は一件や二件ではない。それだけ苦しんだ顧客がいるということだ。

野崎は入院中のウメのもとを訪ねた。

ウメは病室で寝ていた。さらに痩せたように見えた。

「正式に謝罪しなければならないようです」

「あんたらのしたことが、やっとわかったか」

ウメは吐き捨てるように言った。

「はい」

野崎は深々と頭を下げた。

「頭を挙げてくれ」とウメは目をつぶって言った。「謝罪はいい」

「え？」

「そんな形だけの謝罪はいらない」

「ではどうすれば……」

「私をあのビルに死ぬまで住めるようにしてくれ。あそこは私とじいさんの人生そのものなんだ」

野崎は俯く。競売にかかる以上、ウメを木村ビルに住まわせることはできない。

ウメは野崎の顔を見て、寂しそうに笑った。

「安藤には会ったかい？」

「はい。会いに行きました」

「それでどうした？　私の前に出てこられないのか？」

野崎は答えられなかった。

ウメは手を伸ばし、必死に野崎のスーツの裾を摑んだ。

「安藤をここに連れて来てくれ」

ウメは必死の形相で野崎に言った。

「安藤をここに連れてくるんだ。それがあんたのできる謝罪だ。そうだろ？」

野崎はウメを見た。ウメも真っ直ぐに野崎を見ている。スーツを摑んでいるウメの手が震えていた。

「人生の最後になって家も土地も取られ死んでいく者の気持ちが、お前らにわかるか」

ウメの目から涙が溢れた。

野崎は何も言うことができなかった。


日曜日、野崎は住宅街の中にある公園へ向かった。

公園で遊ぶ父と二人の娘の姿があった。安藤と彼の娘たちだった。

野崎は安藤に近づいた。

安藤が野崎に気が付いた。安藤は娘たちに「二人で遊んでいなさい」と言った。二人の娘は滑り台の方へ走っていった。

「あんた、どういうつもりだ」

安藤が野崎に言った。その声には怒気が含まれている。

「日曜日まで……、プライベートな空間に土足で上がり込んでくるなんて非常識だ」

「一緒に木村ウメさんのところへ行ってくれませんか？　ウメさんはあなたに会いたがっています」

「え？　俺に？」

「はい」

「冗談じゃない。俺はもう担当じゃない。出向もしているし、もうすぐ銀行の籍も抜ける。あとはあんたら銀行サイドの問題だろう？　あの案件の担当部署に行けよ」

「担当部署にも調査を依頼していますが、なかなか捗《はかど》りません。ですからあなたに協力してほしいのです」

安藤はベンチにどっかりと腰を下ろした。

「僕を追い出したり協力しろと言ったり……、どうなっているんだ、今のあおぞらは」

「銀行の中にもさまざまな考え方や物の見方ができたということです。お願いします。協力して下さい」

「じゃあ、あんた、俺を銀行に復帰させられるかい？」

安藤は試すような視線を野崎に向けた。

「それは……できません」

「あんた、何の力もないじゃないか。……自己満足のための仕事かい？」

二人は少し沈黙した。春の終わりを告げるような湿った風が二人の間を通り抜けた。

沈黙を破って野崎は口を開いた。

「私は銀行が社会的な信用を回復すべく仕事をしています」

野崎の真っ直ぐな目が安藤を捉えた。

その時、娘たちが安藤のもとへ走ってきた。

「パパ、お腹すいた！」

「おウチ帰ろう」

娘たちが安藤にまとわりつく。

「うん。わかった」

安藤は立ち上がり、野崎を見た。

「とにかく二度と来ないでくれ。家族は、今の俺にとって一番大切な最大の安らぎだ」

安藤は娘を連れて帰ろうとした。

その背中に野崎は言った。

「あなたのせいで、ウメさんは家や土地を失った」

安藤の動きが止まる。

野崎は続けた。

「それはウメさんにとっての家庭や団らんそのものだったのではないでしょうか？　あなたが家族を失うような痛みを、ウメさんは受けた。そしてこれからも背負って行かなければならないんです」

振り返った安藤はハッとした表情をしていた。

「木村ウメさんに会ってくれますね？」

しかし安藤は背を向けると、娘たちの手を引き、何も答えずに公園を去っていった。

5

翌日、坂本からある報告を受けた野崎は、怒りを抱えて業務推進部へ向かった。

「西條部長に会いたい」

野崎の声を聞きつけ、奥の席に座っていた西條が立ち上がった。

「どうしたんですか？　血相を変えて」

野崎は西條の席まで歩を進めた。

「銀座の木村ビルの件で話がある」

野崎は西條に言った。西條は口の左端を微かに上げ、笑った。


応接室で、野崎と西條は対峙《たいじ》した。

西條はソファで足を組んで座っている。

「銀座の木村ビル、今度、競売にかけられますね」

「予定通りです。それが何か？」

「問題は落札先とその金額です。当行の子会社によって、相場よりはるかに高い金額で落札されると聞きましたが？」

「どこからそんな情報を得たのですが？」

「それを申し上げる必要はない。ただ事実を知りたいだけです」

西條の冷たい目が野崎をじっと見ていた。

「お話しする義務はありません。話がその件ならば失礼いたします」

「西條部長。あなたは役員ではないからご存知ではないかもしれないが、監査役には子会社に対する監査権もあるんです」

西條の眉がピクリと動いた。

「もし不当な金額で土地を競落し銀行全体に損害をかけるようなことがあれば、断固、追及します」

西條は組んでいた足を解き、前屈みになって体の前で両手を組んだ。そして相変わらず冷めた鋭い目で野崎を見た。

「これは経営判断なんだぞ」

西條の凄《すご》みのある低い声が応接室に響く。

「経営判断？　そんな事案は取締役会で報告を受けていません。無理な融資で取り上げた物件を、今度は子会社が不当に高く購入する。銀行は子会社から売却の対価として多額の現金を受け取る。そうして貸借対照表を操作し、銀行本体の総資産額が目減りしないようにする……。これは不良債権飛ばしそのものです。こんな姑息《こそく》な手段は二重にお取引先を苦しめているだけだ」

野崎は西條の視線を受け止める。

二人は無言で睨み合っていた。

監査役室に戻った野崎は西條との会話を思い出した。

西條は経営判断だと言った。それはどこまでのことを言っているのか野崎にはわからない。しかし、渡辺の出向の件から考えても、裏では、頭取か専務クラスが動いている可能性が高い。

「自分に追及できるのだろうか」

野崎は監査役室の窓の外を見て考えていた。

「監査役、お客様です」

美保が野崎に声をかける。

ドアのところに安藤が立っていた。

安藤は野崎と目が合うと頭を下げた。

「安藤さん！」

野崎は驚いて言った。

「木村のおばあちゃんはどこにいますか？」

野崎は安藤の顔を見た。

「昨日、妻と話しました。最近、俺、夜うなされていたそうです。寝言で何度も木村ビルと言っていた、と」

安藤は一度俯き、そして決意したように顔を上げ、話を続けた。

「木村洋装店は、俺を可愛《かわい》がってくれた古くからの取引先でした。定期や積立にもよく付き合ってくれて……。新人だった俺を、一人前の行員のように扱ってくれたし、街のことをたくさん教えてもらいました。係長になった時も、自分の息子のことのように喜んでくれて、オーダーメードのスーツを格安で作ってくれたんです。本当によくしてもらいました。それなのに……」

安藤はこらえるように声を詰まらせ、唇を震わせて、絞り出すように言った。

「俺は……、そこを潰してしまったんです」

安藤の目は赤く充血していた。それだけで彼の苦悩が手に取るようにわかった。

「当時は辛くて、酒に溺れて家族にも迷惑をかけました。自分はよかれと思ってやったことが、あんなことになるなんて思ってもいなかった」

野崎にも似たような経験があった。出向していた時、野崎が担当していた取引先が債務者リストに載った。野崎は取引先に取り立てに行かねばならなかった。

「あんた、平気で取り立てるんだな」

諦めたように野崎にそう言った社長の言葉が今でも忘れられない。

「今回、初めてこのことを妻に話しました。妻は家族のためにも決着をつけてきてほしいと言いました。ウメさんに会って、決着をつけなければ、きっと俺はズルズルと罪悪感を引きずったまま人生を送ることになるって。だからウメさんに会いたいんです」

「わかりました。お連れしましょう」

病室へ向かう廊下を二人で歩く。コツコツと、リノリウムの床に靴音が響いた。
安藤の緊張が伝わってくるようだ、と野崎は思った。
病室に入る。
ウメはベッドに寝ていた。
安藤がウメの前に立つ。
ウメが安藤に気が付いた。
二人はしばらく見つめ合っていた。
「ご無沙汰しています」
ウメは表情を変えることなく安藤を凝視している。
野崎は二人の様子を見守っていた。
「安藤……」
ウメがやっと口を開いた。
二人の間に沈黙が訪れた。
「他に何か言うことはないのか?」
ウメが沈黙を破った。
安藤はウメの目を見て言った。

「俺は悪くない」

「なんだと」とウメが目を剝《む》いた。

「俺は銀行のルールに則って仕事をした。その上でハンコをついてもらったんだ。木村さんにも、ちゃんと事業計画や融資の額を説明した」

「お前は……。テナントの紹介や返済を待ってくれるという話はどうなった？」

「それは……」と安藤は拳をギュッと握った。「そんなこと言われても、これだけ一気に景気が悪くなったんだから仕方ないじゃないですか。政府だって、大蔵省だって、日銀だって……、みんな方向を見間違えたんです。銀行だって見間違える。俺は銀行の方針で……」

「国や政府じゃない！」

ウメが激高して声を荒らげた。

「私たちはお前に騙《だま》されたんだ！」

ウメの目が安藤に向けられた。安藤は目を逸らし、俯いた。その表情を野崎は見ていた。

「銀行員は……、バブル時代だって給与が上がったわけじゃない……。目標だけが大きくなって、働く時間が増えて……、ノルマに押しつぶされそうだった……」

安藤の目から涙が溢れ、流れ落ちた。

「その挙句に出向、転籍……。銀行員でいることすらできなくなった」

安藤は涙を拭った。

「俺はもう銀行員じゃないんだ！　その俺にどうしろって言うんですか！」

「土地や家を取られたわけじゃないだろう」

ウメの言葉に安藤はハッと顔を上げた。

「家族もいるんだろ。……私はじいさんを失ってしまった。いつ借金で家を取られるかと、ビクビクして過ごした晩年だった。……私もこれからそういう年月の中で、歳を重ねていかなければならない」

安藤は涙を拭っていた。

「泣くな」

ウメは一喝した。

安藤がウメを見た。

「じいさんの最後の言葉を教えてやる。お前に当てた言葉だ」

ウメはゆっくりと口を開いた。

「安藤を恨むな。……最後にじいさんはそう言ったんだ」

「ううう……」

安藤はこらえきれず嗚咽《おえつ》を漏らした。

「じいさんは言ったよ。安藤は宮仕えの身だ。恨むなら才覚がなかった俺を恨め、と」

安藤の目からとめどなく涙が溢れた。

「うあああ……」

安藤は声を上げて泣きながら膝をついた。慟哭《どうこく》が病院に響いた。

野崎は二人を見ているしかなかった。

言い終えたウメは目をつぶっていた。

野崎は胸を締め付けられる思いがした。木村夫妻と安藤の関係を壊したもの、それは間違いなく〝銀行〟だった。

「俺はどうやって償ったらいいんでしょうか？」

病院の入り口を出たところで、安藤は野崎に言った。

「それは自分で考えるべきです」と野崎は言った。

再び安藤の目から涙が溢れた。

野崎は安藤の苦悩が痛いほどわかった。やってしまったことへの後悔、ずっと逃げ続けてきた痛み、さまざまなものが安藤の胸の内に一気に溢れてきたのだろう。

「ウメさんはご主人の遺言をあなたに伝えたかったのでしょう。あなたがずっと苦しんでいたことをウメさんはわかっていた。だから、あの言葉をどうしても伝えたかったんだと思います。少しでもあなたを楽にしてあげたくて」

安藤は嗚咽を漏らし続けた。

野崎は続けた。

「あなたは現実から逃げていた。あなたにできるのは、逃げないで現実を直視すること
と、真実を伝えることじゃないでしょうか」
「はい」と安藤は嗚咽の中で途切れ途切れに言った。「私の償いは、もう目を背けない
ことですね」
野崎の方を振り返った安藤の顔には、長年の重荷を下ろしたような清々しさがあった。
安藤は一礼して歩き出した。野崎はその背中を見送った。そして思った。安藤がどん
な答えを出すかはわからない。しかし、彼をあそこまで追い込んだのは、明らかにあお
ぞら銀行の責任である、と。
野崎は改めて木村ビルの案件とあおぞら銀行の関与をハッキリさせなければならない
と決意した。

木村ビルの案件を調べるには、当該支店の支店長である橘に協力を仰がねばならない。
業務推進部の西條の協力が絶望的な今、橘に協力してもらい、どんな小さな手がかりで
もいいから突破口を見つけなければならなかった。
野崎が東銀座支店の前に来た時、支店の裏から一台の高級車が滑り出てきた。あおぞ
ら銀行の役員専用の社用車だった。後部座席に頭取の京極が座っているのが見えた。
車はそのまま走り去っていく。
頭取の京極が支店を訪れることは大変珍しいことだ。少なくとも野崎は聞いたことが

ない。

「このタイミングで頭取が東銀座支店に……?」

野崎は胸騒ぎを覚えた。


「木村ビルの件はもういいです」

橘は野崎の顔を見ると、開口一番、そう言った。

「どういうことですか?」

野崎は驚きを隠せない。

「木村のおばあちゃんも入院なさってるし、ビルの方も来月競売にかけられます。もうこの件はいいんじゃないでしょうか」

「冗談じゃない! 何も終わってないじゃないですか!」

野崎は思わず声を荒らげた。

「別に違法な案件というわけでもありませんし、バブル時代によくあった案件の一つだったわけでしょう」

「何を言ってるんですか! だから問題なんじゃないですか。銀行が無理やり貸して、返せずに倒産する。その構図の典型的な案件です。どうしてそうなったのか、どこに責任があったのか、ハッキリさせないと解決したとはいえません!」

「とにかく、これ以上、私を巻き込まないで下さい。私は支店の運営でいっぱいいっぱいなんです」

野崎はため息をついた。端から聞く耳を持たない人間には何を言っても無駄だと感じた。

野崎の脳裏に、社用車で去っていく頭取の顔が浮かんだ。

「先ほど頭取が見えられていましたよね？」

「え？」

「頭取が支店を訪れるのは大変珍しいことです」

「ええ……、私も大変驚きました」

橘は戸惑ったような声で言った。

「だからですか？　頭取に何か言われたのではないですか？」

橘は視線を逸らし、ソファから立ち上がった。

「もうお引き取り下さい」

「橘支店長、これはもともとあなたが持ってきた案件だ。なんでしたら、取締役会であなたから進言があったということで頭取を問い質してもいいんですよ」

「やめて下さい！」

橘は思わず声を上げた。肩が微かに震えているのを野崎は見逃さなかった。

「とにかく、頭取はこの案件にあまり関わるな、とおっしゃいました。私も同感です。過去の案件よりこれからのあおぞらの成長を考えるべきです」

「それは違います」

野崎はキッパリと言った。橘がハッとした顔で野崎を見た。

「過去の反省なしに新しいスタートなどありえない。私たちは、いつ、どんな時代の案件に関しても正面から堂々と立ち向かっていかねばなりません。もし、それが間違いであったならそれを認めなければならないのです」

橘は無言で野崎を見ていた。

「それこそが二度と同じ過ちを繰り返さない唯一の手段なのです」

野崎は「私は調査を続けますから」と言い残し、応接室を後にした。

6

午後の陽気の中、監査役室では、自席の美保がカタカタとパソコンで事務作業をしていた。そこに楠木と平賀の駒を打つ音が重なる。いつもの監査役室の風景だった。

窓の外には丸の内のオフィス街が広がっていた。

立ち並ぶビル群を見ながら野崎は考えた。橘の態度が急に変わったのは京極の東銀座支店訪問と無関係とは思えなかった。何か圧力がかかったのだろうか？　頭取が木村ビルの案件の背後にいるということなのか？

「もし、そうだとして、俺は頭取を告発することはできるのだろうか？」

野崎は大きくため息をついた。業務推進部の西條の協力は得られない。東銀座支店の橋も手を引こうとしている。検査部を頼りたいところだが、渡辺が出向したあとの後任は神戸支社からきた堺《さかい》という人物で、調子がいいばかりでとても一緒に調査を行えるような人物ではない。改めて渡辺の出向の痛みを感じた。

監査役室だけでは人手も調査費用も足りない。今のままでは打つ手はなかった。

「渡辺さんがいてくれたらなあ……」

野崎はビルの群れを見ながら呟いた。

その時、美保がいきなり立ち上がる気配がした。

平賀と楠木の将棋の音も止まった。

野崎は不思議に思って振り返った。監査役室の入り口に、頭取の京極が立っていた。

「頭取！」

野崎も立ち上がった。

「どうですか？　久しぶりに食事でも」

京極は言った。

日本橋にある料亭に野崎は京極とともに行った。

広々とした個室で向かい合う。

京極はしばらく「監査役の仕事は慣れたかね」など、当たり障りのない雑談をした。

野崎は答えながら次々と運ばれてくる料理を口にしつつ、京極の表情を窺った。食事に誘った真意を計りかねていた。

食事が終わり、水菓子のメロンが運ばれてきた頃、野崎は切り出した。

「時に頭取……」

「はい？」

「昨日、東銀座支店に行かれたと伺いました」

「はいはい。当行で初の女性支店長ですからね。彼女が躓《つまず》いたら後進が困る。彼女にはぜひとも先鞭《せんべん》をつける人となって欲しいですね」

「木村ビルに関して……、何か助言をされたとか？」

「木村ビル？　何のことでしょうか？」

「いえ、ご存知なければいいのです」

「そのビルが何か？」

「橘支店長が気にかけていた案件でして、業務推進部も関わっております」

「ほう、そうですか。まあ、個々のお取引先に関してはみなさんがしっかりやってくれているから安心です」

京極はメロンの最後のひと切れを口に運んだ。

「頭取は……、もうバブルは終わったとお考えですか？」

野崎の問いに京極は微笑んだ。

「さあ、難しい質問です。ただバブルは、過去に起こったこと。企業は前に進まない限り、成長や繁栄はあり得ないものです」

「ですが、歴史から学ばないものにも繁栄はないのではないでしょうか」

「そのとおりです。武田専務のように痛みを恐れずひたすら前に進もうとする者、あなたのように立ち止まって過去から学ぼうとする者、このバランスがあおぞらの今後を左右することでしょう」

野崎は京極の言葉を黙って聞いていた。

食事が終わって二人は本店に戻った。

野崎はどうして京極が食事に誘ったのか、最後までわからなかった。


「野崎監査役。もう時間がありません」

人気《ひとけ》のない役員会議室で野崎は坂本と会った。

夕日が坂本の横顔を照らす。坂本は声を潜めて言った。

「業務推進部が過去二年間で飛ばした不良債権は六千億円を超えています。この処理を急がないと、新しい会計基準が適用された時、大変なことになります」

「そんな額に……」

野崎はその額に驚いた。予想以上の金額だった。

「正確な数字をつかんで自己資本を積まないと、国際業務を止められる恐れだってあるんです」

「今、検査部にも動いてもらおうと働きかけている。しかし、新任の検査部長はなかなか動いてくれないんです。私一人ではどうにもならない」

「検査はいつになるんです」

坂本の言葉は次第に熱を帯び、声が大きくなっていった。

「それはまだわからないが……」

「会計基準変更前でも金融監督庁が査察に入ってこの数字が出たら、あおぞらの信用はまた揺らぎますよ。昨年の金融危機ほどではありませんが、単独の生き残りは難しくなるかもしれません」

「他行に吸収合併されるか、外資の買収の的……」

野崎が呟くと、坂本は大きく頷いた。

やみくもに真実を言えばいいというものではない、と野崎は思った。真実を明るみに出すことで銀行を経営危機に陥れるのは本意ではない。しかし、隠蔽や先送りはいつか破綻する。その時には取り返しのつかない事態になるだろう。坂本の言うとおり、今が事実を明らかにできる最後の時なのかもしれない。

「正確な数字と不良債権を飛ばした会社の資料は、手に入るものですか？」

「業務推進部の最高機密です。部全体を取りまとめた数値は、オンラインに接続されていない西條部長のパソコンの中に入っています。紙にも打ち出していないはずです」

「では、西條部長の協力が必要ということですね……」

野崎は考え込んだ。

「それはまず望めないでしょう」と坂本は言った。「僕が何とかします」

「しかし……」

「木村ビルの経緯表もバレずにコピーできました。今回も大丈夫です。野崎監査役は何も知らなかったことにして下さい」

「戸惑いはありませんか……？　君は上司や部を裏切ることになる」

「戸惑いはありません。世間の常識からすれば、業務推進部の存在そのものが間違いなのです」と坂本は真っ直ぐな目を野崎に向けた。「私は自分の行為を銀行のためだと確信しています。時が来れば胸を張って言えます。私はこれからしようとすることを恥じる気持ちはこれっぽっちもありません」

坂本の真っ直ぐな目を野崎は受け止めた。

「君の決意はわかりました。できれば検査部を待ちたい。しかし、時間も切迫しているようだ。もし、君がその資料を手に入れたら、私もすぐに行動に打って出ましょう」

「わかりました」

坂本は頭を下げ、踵を返すと会議室を出ようとした。そして振り向いて言った。

「一つ聞かせて下さい。野崎監査役は業務推進部をどうするお考えですか？」

夕日の中、坂本は野崎をじっと見ていた。自分の進もうとしている道の指針を探しているような視線だった。

野崎はキッパリと言った。

「業務推進部は潰します」

坂本は再び一礼し、会議室を出ていった。


業務終了後、野崎は真っ直ぐ家に帰らず、ある場所に立ち寄った。

それは元専務の林の家だった。

玄関先に出てきた林の顔には生気がなく、一気に老け込んだように見えた。

「退職金は放棄し、何とか告発だけは許してもらったよ」

野崎を居間に通し、林は無表情で言った。

「妻は田舎に帰ったままでね。もうすぐこの家も売って、私も田舎に帰るんだ。もう東京に住んでいる理由はないし、この家は維持費がかかり過ぎるからな」

野崎は部屋の中を見まわした。以前よりも部屋の中は荒れていた。もうずっと一人でこの家で暮らしているのだろう。

「正直言って、あんたを恨んだこともあった。でも、もうそれも過去のことだ」

林の顔からは、現役の時にあったギラギラとした野心がすっかりなくなっていた。

「で、何の用だ？」

「業務推進部の成り立ちを知りたいのです」

「業務推進部……」

「あなたが常務の時に業務推進部は新設されました。それも常務直轄の部署として。あなたは業務推進部の新設に深く関わっていますよね？」

林の顔に苛立ちの様子が浮かんだように見えた。

「まだ私を煩わせる気か。もう銀行に興味はない」

「林さん。あなたの贖罪《しょくざい》は終わっていません」

「贖罪だと!?」

「全てを失ったことはお気の毒だと思います。しかし、自業自得だと思います。あなたは自分勝手な理由で銀行を裏切り財産を失った。同情の余地はありません」

「それが人にものを聞こうという態度か！」

先ほどまでの生気のない顔とは一変し、立ち上がった林は顔を真っ赤に紅潮させて声を荒らげた。

「あなたは役員まで務めながら、最後まで私利私欲で動いた。恥ずかしくないのですか？」

「うるさい！　みんなやってきたことだ！　私だけがやったわけじゃない！」

「次世代のあおぞらのために、バブルを清算する手助けをして下さい。それがあなたにできる最後の贖罪です」

「サラリーマンを二十年以上やってきて、よくそんな青臭いことが言えるな」

林は肩で息をしていた。

野崎は林から目を逸らさなかった。

「わかった。業務推進部のことを話す」

林は再び座った。そして野崎をジロリと睨むとおもむろに口を開いた。

「業務推進部は、もとから不良債権を飛ばすために作られた」

「どういうことですか？」

「それまで支店や部課単位で処理し、個々の担当者や課長の責任を追及してきた。だが大型プロジェクトの破綻が明るみに出るにつけ、担当者や課長レベルでは責任を問えなくなってきた」

「役員や支店長が大型の案件に関わっていたからですね？」

「そうだ。権力者の犯した罪を下の者が問えるはずもなく、責任の所在を曖昧にする仕組みが必要になった。そこで業務推進部にそういった筋の悪い不良債権を集中させ、関連会社や子会社への付け替えを行うことで権力者の責任を問わないことにしたのだ」

林は大きく息をついた。

「業務推進部は不良債権を処理するために、エリートを集めて作られた部署だ。真の目的は不良債権を飛ばして隠蔽することだ」

「先ほど権力者の犯した罪という言葉が出ました。その権力者の中に頭取は入っているのですか？」

「それはわからん。……だが、頭取が入っていたとしてもなんら不思議はない」

「そうですか」

「もういいだろう。帰ってくれ」

野崎は林の家を出た。

雨が降り出していた。

傘をさし、駅までの道を急いだ。雨で気温が下がったのか、身体が震えた。

先ほどの林の言葉が野崎の脳裏を巡っていた。「バブル」の名のもとに責任の隠蔽と先送りがなされた。業務推進部はそのために生まれた部だった。

京極はどこまで木村ビルの件を知っていたのだろうか。

もし、林の言うとおり、京極がこの件に関わっていたとして、自分はどこまで迫って行けるのだろう。京極と差し違える覚悟はできているのだろうか……。

さまざまな想いが胸の中に湧き上がる。

「もう後戻りすることはできない」

野崎は改めてそう思った。

7

野崎は廊下を走った。

階段を駆け下り、業務推進部へ向かう。すれ違う多くの行員たちが驚いて野崎を見ていた。

業務推進部のドアを荒々しく開ける。

視線が一斉に野崎に向けられた。

奥の席に部長の西條がいた。野崎は迷いなく西條のもとへ歩を進めた。西條が野崎に気付き、視線を向けたのがわかった。

二人は対峙した。

「坂本君が自宅待機とは、どういうことですか？」

野崎は努めて声のトーンを抑えて言った。

「ああ、そのことですか」と西條はつまらなそうに言った。「彼は私のパソコンから機密情報を盗もうとした。それが理由です」

「それは確かなのか」

「現場を押さえましたからね。現在処分を検討中ですが、辞めてもらうつもりです」

「なんだと……？」

「銀行の金を着服すれば、即懲戒解雇処分。機密情報もそれに準ずる。違いますか？」

「彼を解雇すべきかどうかは人事部が判断することだ」

「人事部は当てになりませんから」

「そんな勝手は許さない」

西條は興奮して立ち上がり、机を掌で叩いた。

「坂本に関しては、機密漏洩の疑いで異動要請を出していた。それにもかかわらず人事部は動かなかった。その結果がこれだ。私は人事部の責任も追及するつもりだ。坂本の懲戒解雇は業務推進部の権限で行っていく」

「そんなことができるはずないだろう」

「人事部担当役員の内川《うちかわ》さんには話を通してあるんでね」

西條の冷めた目が野崎を見つめていた。

「なんとかそれだけはやめてほしい。……彼のような将来のある若者をそのような形で当行から追い出すのは不本意だ」

「不本意？　彼のしたことを考えれば当然の帰結でしょう？」

西條が声を上げて笑った。

野崎は拳を握り締めた。そういった人事上の強迫観念が、行員たちの自由を奪っているのだ、と強く思った。

「だが、道が全くないわけではない」と西條はニヤリと笑った。

「というと？」

「あなたが坂本に命令したと取締役会で証言すればいい。それなら彼は役員から無理やり違法行為を強制されたということで解雇は免れる。坂本がクビになるか、それともあなたが辞任するかだ」

西條は椅子に座り、机の上に足を投げ出した。

「事実、そうなんでしょう？　あなたが彼にやらせたんでしょう？　あなたが言うところの〝将来のある若者〟に情報を盗ませるなど、あなたの行為は矛盾だらけだ。私から言わせれば下の下ですよ。監査役失格だと思いますがね」

野崎は不敵な笑みを浮かべる西條に怒りのこもった視線を向けた。


笹塚の駅から高速道路の下を潜り商店街を抜ける。五分ほど歩くと小学校が見えてきた。

「変わらないな」と野崎は思う。

その公園の隣に、「あおぞら銀行笹塚寮」がある。男性行員のための独身寮だ。野崎も大学を卒業してから三年間、お世話になった。部屋は六畳ほどの大きさで二人部屋。トイレ風呂共同で、朝食がついていた。今は一人一部屋になったと聞く。時代の流れとともに入寮希望者は減り、自然と一人一部屋になっていったという。

住んでいた頃と変わらない共同玄関から入る。

坂本の部屋は二階の202号室だった。

「野崎監査役！」

パジャマらしき服装で顔を出した坂本は、野崎を見て驚いた。

「ちょっといいかな」

「え？　はい……」

野崎は中に入る。部屋の造りも当時と変わっていない。野崎は懐かしさを覚えた。

「自宅謹慎になったそうですね」

「はい。パソコンにフロッピーディスクを差し込もうとしているところを西條部長に見つかってしまって……。結局、業務推進部の核心に関しては何もわかりませんでした。すみません」

「仕方ありません。やはり正々堂々と行くべきでした。私が君を止めなかったのがいけない」

「野崎監査役には何の落ち度もありません。僕は自分の信念に基づいて動いただけですから」

「しかし、君の話を事前に聞いていたのは事実だ。君をもっと早く止めるべきでした」

坂本は泣きそうな顔になり俯いた。きっと昨日からさまざまな想いを抱いていたのだろう。

「君をクビにさせるような真似はさせません。安心して下さい。私が守りますから」

野崎の言葉に、坂本は頷いた。

その顔に一片の明るさが戻った。

監査役室に戻った野崎は、対策を思案した。

坂本の件は自分の責任だ。坂本が西條のデータを盗もうとするだろうことを知りながら、放置してしまったのだ。何とか坂本を助けてやりたい。

西條は、野崎が首を差し出さない限り坂本を許さないだろう。しかし、あおぞらの不正を糺《ただ》し、健全な銀行に生まれ変わらせるまで野崎も辞めるわけにはいかない。

「武田専務に話してみるか」

極力借りは作りたくないが、今、坂本の解雇を止められるのは武田しかいないと野崎は思った。

「監査役、ちょっといいですか？」

監査役室スタッフの石橋が野崎に話しかけてきた。

「どうしました？」

「実は、運転手仲間から気になる情報を聞きまして。二十年以上、東銀座支店長の運転手をしているヤツが話してくれたんですが……」

「東銀座支店の運転手？」

「あ、本来、運転手は車内で聞いたことを一切口外しないのが鉄則なのはもちろんわかっています。俺がしつこく聞くもんだから、ヤツも教えてくれたわけで……」と石橋は言い訳をしてから話し始めた。「バブルの頃、そいつはよく当時の東銀座支店長を送って、赤坂の料亭へ行っていたそうです。そこはいくつか入り口があって、誰と誰が中で会ってるのかわからないようになっているそうなんですが、そこで一度、大日本生命の社長の車と鉢合わせしたことがあるって言っていました」

「大日本生命……？」

「はい。それが関係あるかどうかまではわからないんですがね」

石橋は申し訳なさそうに頭を掻いた。

「あと、その元支店長、どうやら更迭されたみたいなんです。最後に自宅に送った時、ひどく酔った様子で、詰め腹を切らされたって荒れていたようで」

当時の東銀座支店長は大森《おおもり》という人物だった。バリバリの頭取派で、次期役員入りは間違いないと言われていたのだが、突然出向させられた。その後、出向先を退職し、今は海外に住んでいるという噂だったが、詳しいことはわからなかった。確かにその時、更迭されたのではないかという噂を聞いたことがあった。

もし、元東銀座支店長が詰め腹を切らされたと言うなら、指している相手は頭取の京極以外には考えられない。

「その元支店長が、最後に言ったらしいんですよ。G1計画さえなければ、って……」

「G1計画？」

「ええ。ソイツ、競馬の話なのかと思って、なんとなく記憶に残ってたって。……こんな話、何か役に立ちそうですかね」

「ありがとうございます。手がかりになるかもしれません」

石橋は嬉しそうな顔をして部屋を出ていった。

野崎の前に美保がお茶を置いた。

「きっと監査役が一人で苦しんでいるのを見て、石橋さん、いてもたってもいられなかったんですよ」

「そうなんですかね」

「そうですよ。私だって、監査役のために役に立ちたいです。でも、私にできることなんて限られていますから」

「ありがとう。その気持ちだけで嬉しいです」

野崎は笑顔で言った。


野崎は専務室を訪ねた。

武田は倒したグラスに向けてパターの練習をしていた。

「業務推進部に坂本正義という若い行員がいます。彼が西條部長のパソコンから情報を盗もうとして自宅待機になっています」

「で?」

武田はパターを構えながら言った。

「西條部長は懲戒解雇にするつもりです。彼を助けていただきたい」

「俺に西條を抑えろというのか」

カツン。武田の打ったボールはきれいな軌道を辿ってグラスに吸い込まれた。

「お願いします」

武田は野崎の方を振り返った。

「なぜ俺がそんなことをしなければならん」

「坂本君は当行にとって必要な人材です。彼を失うことは当行の不利益になります」

「不利益？　機密情報を盗むような人間が必要とは思えんが」

「彼の正義感から出た行動なんです」

「正義のためなら何をしてもいいというのは驕りだ」

「そのとおりです。だが彼は金や欲のためにやったわけではありません。若さゆえの過ちとして、もう一度、彼にチャンスを与えてほしいのです」

武田はニヤリと笑った。

「条件次第では交渉の余地はある」

「何ですか？」

「この前、安藤というヤツが俺のところを訪ねてきた」

「え？」

「ヤツは木村ビルの情報を全て出すからあおぞらに戻してほしいと言ってきた」

「そんなバカな！　彼がそんなことを……」

「安藤をあおぞらに戻さずに、ヤツの持っている情報を全て俺に差し出させろ。それが坂本を助ける条件だ」

「それとこれとは別の問題です」

「そんなことは俺には関係ない」

武田は再びパターの練習を始めた。

「わかりました。坂本君のことは自分で何とかします」

野崎は部屋を出ようとした。そして思いついてこう言った。

「G1計画……、ご存知だと思いますが、監査役として追及させていただきます」

武田の打ったボールが大きく外れて転がっていった。

「貴様、どこからその名前を」

武田は驚きを隠せない目で野崎を見ていた。明らかに動揺しているのがわかった。

「どこだっていいでしょう。あなたには関係のないことです」

野崎はそう言うと部屋を後にした。

G1計画が何なのか、野崎にはわからない。ただカマをかけてみただけだ。しかし、武田は予想以上の反応を示した。

「G1計画か……」

思わぬ形で現れた突破口に、野崎は身震いを感じた。

野崎はあおぞらローンサービスを訪ねた。

対応に出てきた安藤が野崎を応接室に通す。安藤に明らかに落ち着きがないのを野崎は感じた。

「野崎監査役……。ここにはその……、あまり来ないでいただきたいんです。もう俺から話すことはないから」

「ちょっと待って下さい。あなた、この前、自分にできる償いをしたいって……」

「そんなものないんです。もう過去のことなんですよ」

「安藤さん、あなたウメさんに対して恥ずかしいと思わないんですか？　確かにあなたは正規の手続きを踏んだ。銀行の方針に従っただけだったのかもしれない。でも、ウメさんの病床で見せた涙は後悔の涙だったはずだ」

安藤は呻《うめ》き声を上げて頭を抱えた。

「安藤さん？　どうしたって言うんです？」

「家族に……。家族に危害が加わるかもしれないんです……」

「え？」

「ここのところ、ずっと見張られているようで……」

「見張られている？　どういう意味です？」

「昨日、家のポストに手紙が……」

「手紙……？」

「はい。……家族が愛《いと》おしければ、木村ビルのことで余計なことはしゃべるな、と」

「誰からです？」

「そ、それは……」

「安藤さん。何を隠しているんですか？　心当たりがあるんでしょう？」

「言えません。これ以上、責めないで下さい」

俯いた安藤の肩が小刻みに震えていた。

「……武田専務に会いましたか？」

野崎が訊くと、安藤はハッとしたように顔を上げた。

「武田専務に、銀行への復帰を懇願したというのは事実ですか？」

安藤は憔悴の表情を浮かべた。

「……俺は……、俺は銀行に戻りたい……」

安藤は項垂れて頭を抱えた。

野崎は立ち上がった。

「今日は帰ります」


電車に揺られ、野崎は安藤のことを考えた。

安藤を追い詰めてはいけないことはわかっている。しかし、このままでは坂本も懲戒解雇に追い込まれてしまう。どうしたらいいのかわからなかった。

武田は安藤の銀行復帰の条件に情報を提供させようとしていた。それだけ木村ビルの情報には価値があるということなのだろう。

「武田専務がそこまで欲しがるということは、やはり頭取のアキレス腱《けん》になりうる情報なのかもしれない」

Ｇ１計画とは何なのか？　木村ビルの案件は、Ｇ１計画の一部ということなのだろうか？

野崎は大手町の手前で電車を降りた。

銀行へ戻る前に、ウメに会いに行くことにした。


夕暮れの病院はしんとしていた。

野崎が病室へ入ると、ウメは早めの夕食を摂っているところだった。

「味が薄くてかなわん」

野崎を見て、ウメは笑った。

「じいさんは江戸っ子だったから濃いめが好きでね。嫁入りしてから木村家の味付けを習ったよ」

「そうですか」

野崎は笑顔で言った。

ウメは箸をおき、野崎が見舞いに持ってきたミカンを手に取り皮を剝いた。

「嫁入りしたばかりのころは、木村洋装店も大忙しで、仕立ての注文がひっきりなしだった。住み込みの職人が四人いて、毎回十人分の食事を作るのは大変だった。……でも賑《にぎ》やかで楽しかった」

勧められたパイプ椅子に座り、野崎はその話を聞いていた。

「じいさんが先代から店を継ぐ頃は、安い既製品の背広が出回るようになってな。だんだんと注文は減っていった。職人も一人減り、二人減り……。ついにじいさんと私だけになってしまった。それでもじいさんは腕がよかったから、馴染《なじ》みの客がいて、地道に商売を続けることができた」

ウメはミカンを口に運びながら思い出すように言った。

「小学校入学の洋服を仕立て、学生服を直し、社会人になる時にスーツを作ってもらう。そして結婚し、子供が生まれたら、またその子供の服を仕立ててあげる。……そうやって、多くの家庭を見てきた。私らには子供がいなかったけど、多くの子供たちの成長を見てきたから、ちっとも寂しくなかった。私らの人生は、いつもあの場所にあったんだ。……最後にその場所を追われることになるとは思ってもいなかったよ」

夕日が傾き病室を赤く染めた。沈黙が二人を包んだ。

「……昨日、安藤がここに来た」

「え？」

「あいつは言った。許して下さいって」

「安藤君が……」

「自分は何と非難されようとも、あおぞらに帰りたい、と言った。私は、お前の人生だ、好きにしろと言ったよ」

ウメはそう言うと、野崎を見た。

「銀行には何があるんだ？」

野崎はその視線を受け止めた。

「銀行は変わったのか？　反省したのか？　多くの人から家や土地や財産を奪ったことを謝罪したのか？」

野崎は返す言葉が見つからなかった。

「私の人生は終わった。あとは静かに暮らしたい。……だから最後に一つだけ願いを聞いてほしい。……安藤を助けてやってくれないか」

その夜、野崎は安藤の家へ向かった。ウメと話し、どうしても安藤と話さねばならないと思った。

安藤の家のチャイムを押す。

「どちら様ですか？」

インターフォンから怯《おび》えたような安藤の声が聞こえた。

「野崎修平です」

野崎はインターフォンに向かって言った。

すぐにドアが開き、安藤が顔を出した。

「野崎監査役……。何ですか？」

「昨日、ウメさんに会いに行ったそうですね」

「それは……」

安藤が言葉を詰まらせた時、安藤の背後から声がした。

「あなたが専務さんですか？」

妻の真弓《まゆみ》だった。

「いえ、私は……」

「この人を銀行に戻すのは止めて下さい。私も娘たちも銀行に戻って欲しくないんです」

真弓は野崎に向かって言った。

「真弓、やめなさい。この人は違うんだ」

安藤が慌てて止めた。

「どういうことですか？」

野崎は安藤に訊いた。

「お入り下さい。中で話します」

安藤は野崎に言った。

リビングのテーブルで、野崎と安藤は向き合った。安藤の隣には妻の真弓がいた。隣の部屋からは子供たちがアニメを見ている音が聞こえていた。

「昨日の朝、突然、武田専務が訪ねてきたんです。専務は、持っている木村ビルの情報を差し出せば、あおぞら銀行に復帰させてやるって言いました。……俺はあおぞらに戻りたい。このまま人生を終えるのは嫌なんです」

野崎は黙って安藤の言葉を聞いた。返すべき言葉が思いつかない。自分も出向していた時、何度も「もうあおぞらには戻れないのかもしれない」と思い、絶望した経験があった。あおぞらに戻りたいという安藤の気持ちが痛いほどわかる。

「あの……、いいですか？」

妻の真弓が口を開いた。

「はい」

「私は……、今の方がいいです」

「真弓……」

安藤は驚いたように真弓を見た。

「この人、銀行にいる間、本当に苦しそうでした。毎日遅くまで残業して、休日まで不動産巡りに接待ゴルフ。酔って帰ってきては、私に当たり散らして……。この人の身体が心配だったし、私も娘たちも寂しい思いをしてきました。銀行に私たち家族の幸せはありませんでした」

真弓の目からスーッと静かに一筋の涙が流れた。

「バブルが弾けた後も、近所の人たちから、銀行員は税金で助けてもらっておきながらいまだに給料が高いと陰で言われ、娘たちはお前のパパが悪いと友達にいじめられました」

「そんなことが……。なぜ黙っていたんだ」

安藤は真弓に言った。

「あなた、忙しいって言って聞いてくれなかったじゃないですか。……あなたは苦しんでいたかもしれない。でも私たちだって苦しんでいたんです」

安藤は俯いた。その眼からボトボトと涙が落ちた。

「知らなかった……。俺は自分のことしか考えていなかった……」

「やり手の人はともかく、うちの人は銀行員には向いていないんです。不器用で人一倍働いて、それでも代理止まりで……。私は、給料は安くても、早く帰ってきてくれて、休みの日に家族で出かけられる今の生活の方がいい。ですから、この人を銀行に戻さないで下さい」

野崎は立ち上がった。そして深々と頭を下げた。

「申し訳ありません」

「野崎監査役……」

「行員の家族に辛い思いをさせたのは我々役員の責任です。本当に申し訳ありませんでした。ですが我々も銀行の信頼を取り戻すべく、頑張っています。どうか今後の銀行を見ていて下さい」

　野崎は頭を上げ、二人を見た。

「そのためには安藤さんにご協力をいただかなければなりません」

　野崎は上着を手にした。

「ただ今日は帰ります。奥様とよく話し合って下さい」

「監査役」

　安藤が野崎を呼び止めた。野崎は振り向いて言った。

「安藤さん、あなたを信じています」


　自宅に帰ると、彩子がお茶漬けを作ってくれた。

「ありがたい。ちょっと小腹が空いていたんだ」

　野崎は焼き鮭のほぐし身が載ったお茶漬けをサラサラと掻き込みながら、ふと気になって訊いた。

「お前、俺になんか隠してることないか？」

「なんですか？　急に」

　彩子はリンゴを剝きながら言った。

「いや、私が銀行員で嫌な思いをしたとかさ」

「なんだ、そんなこと」と彩子は笑った。「そうね、バブルが崩壊してから、ちょっと嫌なこともあったかな」

「そうなのか？」

「だってテレビをつければ銀行の悪口ばっかりだし、たぶん、周りではいろいろ陰口を言われてたんじゃないのかな」

「そういうものか」

「そういうものよ」

野崎は差し出されたリンゴを食べた。

行員一人一人が戦っているその後ろには、家族の戦いがあるのだ。一日も早く銀行を本来の状態に戻さなければならない、と野崎は思った。


翌日、監査役室に安藤がやってきた。

「監査役、安藤さんがお見えです」

美保に連れられて安藤が入ってくる。

「安藤さん！　よく来てくれました！」

「妻に自分が正しいと思うことをして下さいと言われました」

安藤は吹っ切れた表情で言った。

野崎は手を差し出した。安藤はその手をガッチリと握った。

応接室に通された安藤は、持ってきた段ボールを机の上に置いた。

「これが木村ビルに関して、俺が持っている資料です」

　箱を開けると、中からノートやファイル、新聞の切り抜きなどが出てきた。

「と言っても、正式なものは銀行が保管していますから、交換した名刺とか、当時の経緯を思い出して書いたメモなどです。証拠能力は低いと思います」

「いえ、少しでも手がかりになればいいのです」

「当時、東銀座再開発計画というものがあって、木村ビルへの融資はその中で行われたんです」

　安藤は資料を開き、説明を始めた。

「この銀座一丁目辺りの再開発を進めるもので、当時の支店長の指示を受け、最初に木村洋装店へ、担当だった俺が融資の話を持っていきました」

「あ！」

　資料を見た野崎は声を上げた。資料には「銀座一丁目再開発計画」と書かれている。

「銀座一丁目……。G1……」

「どうかしました？」

　安藤が怪訝そうに聞いた。

「安藤さん、G1計画って聞いたことありませんか？」

「さあ……」

　安藤が嘘をついているとは思えなかった。G1計画は別の計画なのか、あるいは現場には伝えられていなかった名称なのか……。

野崎はファイルされた名刺の中に、見覚えのある名前を見つけた。

「山田弘道……」

「この男が、実質的に木村ビル周辺の土地を地上げしていたようです。俺も何度となく脅されました。今回のウチへの脅迫も、この男の仕業じゃないかって思っています」

野崎は思い出した。山田エージェンシーの謄本にあった名前だった。ということは、東都政策研究室が関わっているのだろうか……。

徐々に点と点が繋がっていくのを野崎は感じた。

「安藤さん、あなたの家族が心配だ。警察に届けた方がいいかもしれない」

「いえ、大丈夫です。先ほど武田専務に断りに行った時、お前の家族は安全だ、話をつけた、と言われました」

「専務が……」

話をつけたということは、専務も東都政策研究室と繋がっているということなのか……？　あおぞら銀行の腫瘍は、思ったより根深く大きいのかもしれないと野崎は思った。

「俺は家族が大切です。銀行へ戻ることはできなかったけど、家族とのかけがえのない時間を大切にします」

安藤はそう言って帰って行った。

ウメが退院すると聞き、野崎は石橋に運転してもらって病院へ向かった。

玄関からウメが一人、出てくる。

「石橋さん、ちょっと待ってて」

野崎は石橋を待たせ、車を降りた。

近づこうとした時、ウメの進む先に安藤が立っているのを見つけた。妻の真弓と二人の娘たちもいる。野崎は咄嗟に立ち止まり、建物の陰に隠れた。

「退院、おめでとうございます」

安藤がウメに言うのが聞こえた。

「安藤……。どうして……？」

「安藤がお世話になりました」と真弓が頭を下げた。「ささやかですが、ウチで全快祝いをしませんか？」

娘たちが戸惑うウメに駆け寄り、荷物を受け取った。

「さあ、行きましょう」

安藤が手を差し出す。

ウメは泣き出した。安藤がその肩をさする。ウメは泣き続けた。

野崎はそれを見て車に戻った。

窓の外、連れ立って歩いていく安藤一家とウメの姿が見えた。

「美味しい役、取られちゃいましたね」

石橋が笑って言った。

「うん。まあ、おじさん一人の出迎えじゃ寂しいだろうから、よかったよ」

野崎が笑顔でそう言うと、石橋は車を発進させた。

8

東銀座再開発計画を担当していたのは、東銀座支店の前の支店長の大森という人物だった。石橋の言ったとおり、京極頭取の派閥の中心として出世街道を歩んできた人物だったが、いきなり出向させられていた。その時期がちょうどバブル崩壊の時期と一致する。まるで更迭にあったように見える。出向の理由については、地上げで使った右翼団体と揉《も》めたからというのがもっぱらの噂だったが、真相はわからなかった。

そして安藤の資料から出てきた「山田弘道」の名刺。山田エージェンシーの関係者だったことからも、東都政策研究室がバックにいたことが推測できる。東銀座再開発計画で地上げを担当していた右翼団体は、東都政策研究室ということなのだろう。あおぞら銀行と東都政策研究室の濃密な繋がりが浮き上がる。やはり本丸は頭取ということになるのか……。

野崎が思案していると、デスクの上の電話が鳴った。

京極からだった。

野崎が頭取室に駆け付ける。

「やあ、野崎君、お忙しいところすみませんねえ」

「何か」

野崎が応接のソファに座るのを待ち、京極が言った。

「業務推進部の西條部長が、非公開の懲罰委員会を開催したいと言ってきました。西條君は業務推進部の坂本正義という行員とあなたの処分を求めています」

「そうですか……」

「あなたが若い行員を使って極秘情報を盗ませたと言っていますが……、それは事実ですか？」

「彼が盗む可能性があることはわかっていました」

「この会が催されるとあなたの立場は悪くなりそうですね。止めさせますか？」

「いえ」と野崎は首を振った。

「大丈夫なんですか？」

「全てを公にするというのが私のポリシーです。他の行員に対して監査をする以上、私だけが逃げるわけにはいきません」

「その心意気は結構ですが……。あなたは場合によっては辞任に追い込まれるかもしれませんよ」

「辞任はしません。新しいあおぞらの基礎を築くためにも、まだまだやらねばならないことがたくさんあります」

「頼もしい。あなたを監査役にして本当によかった」

京極はうんうんと頷き、お茶を飲んだ。

「時に頭取」

野崎は京極を見て言った。

「何でしょう」

「G1計画で何をおやりになろうとしていたのですか？」

「ん？　どういう意味ですか？」

「東銀座再開発計画のことです」

「さて……、何のことでしょう」

「東銀座支店で元支店長の大森さんが進めていた銀座一丁目の再開発計画です。大森さんは頭取の派閥だったと聞いています。しかし、その計画は頓挫し、大森元支店長は突然出向になりました」

京極は黙って聞いている。

野崎は続けた。

「調べたところ、この案件には東都政策研究室という右翼団体が絡んでいることがわかっていきました。東都政策研究室は林元専務の汚職にも絡んでいた団体です。……頭取は、東都政策研究室と繋がりがありませんでしたか？」

京極はズズッとお茶を飲んだ。

「頭取、真実を話して下さい」

しばらく沈黙が続いた。

京極の顔は相変わらず微笑を湛えているように見えるのだが、眼鏡の奥の目が鋭く野崎を捉えていた。

「自分が何を言っているかわかっていますか？」

野崎は背筋にゾクッと寒気が走るのを感じた。

「あなたは私を疑っているのですか？」

あまりの迫力に、野崎は声を出すことができなかった。

「不愉快です。出て行って下さい」

京極は自分の席に座り、椅子を回して窓の外に視線を向けた。

野崎は頭を下げ、踵を返して頭取室を出た。

「虎の尾を踏んでしまったかもしれない……」

野崎は乗り込んだエレベーターの数字を見ながら、顔を上げた時の京極の表情を思い出した。

「頭取は確かに関わっている。だからあんな顔を見せたんだ。しかし、私にそれが証明できるのだろうか……。それを証明する時間が残されているのか……」

9

「以上の点より勘案し、野崎監査役に対し、相応の処分をしていただきたいと考えています」

翌日、役員会議室で懲罰委員会が開かれた。居並ぶ役員たちの前で、西條は野崎の処分を求める議案の説明を行った。

西條が野崎を見据える。いつもの冷酷な目が野崎に向けられていた。

「野崎監査役、いかがです？」

議長役の森本常務が野崎に言った。

野崎はゆっくりと立ち上がり、西條を見た。

「そもそも機密情報とは何でしょうか」

役員たちの視線が野崎に向けられる。

「監査役は取締役並びに使用人から業務に関して報告を受ける権利を有します。ところが再三の請求にもかかわらず、西條部長は必要な書類を提供しなかった。それどころか隠蔽した疑いすらある。監査役に見せられない機密情報があることこそ問題です」

「そんなのは詭弁だ！」

西條は立ち上がり遮った。

「それで実際に何が起こった？　坂本は私のパソコンから機密情報を盗み出そうとしたではないか。部下が機密情報を盗むのを肯定するのか」

役員たちの間から「それはそうだな」「確かに」という声が聞こえた。

「何か意見のある方はいますか？」

森本が役員たちに問いかけた。しかし、誰も意見を述べない。

役員たちは事の成り行きを見守っているようだった。京極はどちらにつくのか、武田はどう出るのか、ここでの判断ミスが今後のあおぞらでの立場を大きく左右する場面だった。読みを誤ることは、即、自分の将来を失いかねない。

「武田専務はどうですか？」

森本が武田に訊いた。

「俺は茶番に興味はない」

武田はつまらなそうに答えた。

京極は黙って聞いている。緊張感をまとった沈黙が役員会議室に満ちた。

この沈黙を破ったのは西條だった。

「どうでしょう。今回の実行犯である坂本正義を別室に呼んでいます。彼の意見を聞いてみては？」

「それはいけない！」と野崎は即座に遮った。「彼は若い。次の世代のあおぞらを担う人材だ。こんな場に引きずり出すべきではない」

「やれやれ。犯罪者があおぞらを担う人材？　バカも休み休み言ってほしいものだ」

西條が鼻で笑った。

「今回の件ですべての責任は私にあります。どうか彼をこのような場所に引きずり出すことはやめてほしい」

「それは……」と京極がおもむろに口を開いた。「野崎監査役、あなたが全責任を取ると理解してよろしいのですか？」

役員たちの顔に緊張が走る。誰もが「頭取は野崎を切ることに決めた」と風向きを感じ取ったようだった。

「おっしゃるとおりです。私が責任を取ります」

「では伺いましょうか。あなたの責任の取り方を」

野崎は大きく息をついてから口を開いた。

「私は……」

「待って下さい！」

役員会議室のドアが開いた。坂本が飛び込んでくる。

「何だ、君は！」

森本が坂本に言った。

「坂本正義です」

坂本は必死の形相で続けた。

「野崎監査役は悪くありません！　悪いのは僕です！　処罰するなら僕を処罰して下さい！」

「坂本君、ここは君の来る場所ではない。すぐに出て行きたまえ」

野崎は坂本に言った。

「野崎監査役！　監査役に落ち度はありません。処罰されるべきは僕です！」

突然、西條が笑い出した。笑い声が会議室に響く。坂本の登場に状況を飲み込めなかった役員たちの視線が、笑う西條に注がれた。

「野崎監査役、これも計算済みなんだろう？　あなたが辞任を示唆し、それを坂本が止める。そうやって同情を引いて、二人とも処分を軽くしてもらおうという腹だろう」

西條はバカにしたように笑いながら言った。

「僕はそんな計算はしていません」と坂本が反論した。

「付き合いきれん」

西條は立ち上がった。

「私は、坂本君に懲戒解雇、野崎監査役には引責辞任を求めます！」

野崎と西條の視線がぶつかり合う。緊張感が二人の間に漲った。

「それでいいんですか？」

坂本が声を上げた。役員の視線が一斉に坂本に集まる。

「僕が機密情報を盗もうとしたというなら、不良債権を飛ばしている業務推進部、そしてその責任者たる部長、あなたの責任はどうなるのですか？」

「何をバカな……」

西條が気色ばむ。

役員たちの間に「これ以上はマズい」という緊張が走るのがわかった。坂本はお構いなしに続けた。

「飛ばしの総額はわかりません。しかし、かなり大規模に不良債権を郊外店舗に飛ばしているのは事実です。何しろ僕がそれを担当しているんですから。……これをマスコミに告発してもいいんですか？」

「坂本君」と野崎は慌てて坂本を止めた。「もうそのくらいにしておきなさい」

役員室が再び静まり返る。誰もが次の一言を発することを恐れているように見えた。

その時、ダン！　と音がして、机の上に靴が投げ出された。武田だった。武田は大きな欠伸《あくび》をして言った。

「頭取……。野崎もこの若者も不問でいいんじゃないですか？」

武田の一言に、西條が振り返る。

「武田専務、理由を聞きましょう」と京極。

「確かに野崎にもその若者にも非がある。しかし、監査役の報告要請に応じなかった西條にも非がある。つまり、両者に非があるってことだ。それなら不問でいいでしょう」

武田が何を考えているのか、野崎には計りかねた。先ほどまで明らかに京極は野崎を追い込もうとしていた。野崎は絶体絶命のピンチだった。その野崎に、なぜ武田が助け舟を出そうとしているのかわからなかった。

「自ら責任を取るとおっしゃる野崎君を不問にですか。さて、どうしましょう。……どなたか意見はありますか？」

京極が役員たちを見回した。

いよいよ空気が重くなる。誰も一言も発せない雰囲気が広がった。ここで下手なことを言って虎の尾を踏むことを、誰もが恐れていた。

「仕方ありません、決をとりましょう」

京極の一言で役員たちは固唾を飲む。「これは踏み絵だ」と役員たちは感じているように見えた。野崎を不問とする専務側につくのか、それとも責任を取らせる頭取側につくのか……。

「では、野崎監査役が責任を取るべきだと思う方、挙手を」

常務の森本が決をとる。

京極派の役員を含め、十五名の手が上がった。

「では、野崎監査役を不問に処すという武田専務の意見に賛同される方」

役員たちは顔色を窺いながら手を上げ始めた。

武田を含めて十五名。

「えー、決の結果、十五対十五、棄権が五ということになりました」

「頭取、同数だ。あなたの好きにすればいい」と武田が言った。

「そうですか。では……」

京極はゆっくりと立ち上がった。

「監査役が任期中に更迭されては世間的にも評判が悪い。しかしながら、半数の者が責任を問う中で処分なしというのもいかがなものか。ここは、一ヵ月減給百分の三でいかがでしょうか？」

京極の提案は軽い処分を下すというものだった。それに対して誰も何も意見を言わない。

「反対意見がないようですので、これにて決着したいと思います。では、これでお開きとします」

会議室の緊張感が一気に解けた。あちこちで大きく息を吐く気配がした。

野崎は京極に礼を言った。

「寛大なご処置、ありがとうございました。今後も全力を持って当行における監査業務に邁進したいと存じます。特に……」

野崎は西條を見る。

「本日、業務推進部の若手行員から指摘のあった不良債権の飛ばし。これが本当に商法に違反しないものなのか、また……」

今度は京極を見る。

「東銀座支店で過去に進行していたG1計画なるもの、この二点には特に注力致します。頭取はじめ、皆様のご協力、お願い致します」

「力一杯励んで下さい」

京極はそれだけ言うと役員会議室を出ていった。

監査役室に戻った野崎のもとに、武田がやってきた。

武田は段ボールの中の資料を床にぶちまけた。

「これは……」

驚く野崎に武田は言った。

「業務推進部にあった木村ビルに関する資料を出させた。たいしたものはないが、少しは役に立つだろう」

「どういう風の吹き回しです？」

「G1計画だよ」と武田は言った。「G1計画とは、バブル期に進められた東銀座再開発計画の通称だ。バブルが弾けて計画自体は頓挫したようだが、その一連の動きの中で木村ビルへの過剰融資が行われた。事業の大きさからいって一支店で進められる話じゃない。必ず経営幹部が先導していたはずだ」

「それが京極頭取ってことですか？」

「そうだとしたら、頭取のアキレス腱になる」

武田はニヤリと笑った。

「木村ビルの件を端緒に、G1計画を徹底的に洗い直せ。そして一刻も早く頭取を追い落とせ」

「私はそんなつもりで調べているのではありません」

「お前がどんなつもりだろうと俺には関係ない。お前がG1計画を調べ上げれば、必ず頭取の首が落ちると俺は踏んでいる。だから資料を持ってきてやったんだ」

「それはわかりませんよ。武田専務、この調査があなたを追い詰めることになるかもしれません」

「なに？」

「G1計画には東都政策研究室も絡んでいます。今、あなたは東都政策研究室と繋がっている。もしかすると、あなたの責任問題へ発展するかもしれません」

武田は野崎をギロリと睨んだ。

「俺を脅そうというのか？　身の程をわきまえろ」

武田は一喝すると監査役室を出ていった。

美保が、武田のまき散らした資料を集めていた。野崎も立ち上がって資料を拾った。ファイルの表紙の『東銀座再開発計画』の文字が目に入った。

野崎は武田が助け舟を出した意味がわかった。京極を追い詰める駒として野崎を動かそうとしているのだ。逆に京極は、武田側についた人間が予想外に多かったことに焦りを感じ、武田を制するために野崎を利用しようとしているのだろう。

「果たして何が飛び出すのか……」

その時、野崎のデスクの電話が鳴った。

電話に出た美保が「橘支店長からです」と野崎に言った。

「大変です！　木村ビルが燃えています！」

電話の向こうで橘が言った。

野崎はタクシーに乗って木村ビルに急行した。

交通規制が行われていて木村ビルには近づけない。野崎はタクシーを降りた。野次馬で騒然としていて、サイレンの音が鳴り響いている。物が焦げる臭いがした。

野崎は人混みをかき分けて進んだ。

何台もの消防車がビルを取り囲み、黒々と煙を上げる木村ビルに放水していた。その周囲を何重にも野次馬が取り囲んでいる。

野崎は規制線の向こうにウメの姿を見つけた。

近づこうとする野崎を警察官が制止した。

「知り合いなんだ」

野崎はそう言って制止を振り切り、強引に規制線を突破した。

「ウメさん！」

ウメは道端にうずくまって燃える木村ビルを呆然と見上げていた。

「ウメさん、大丈夫ですか!?」

野崎が駆け寄ると、ウメは放心した顔で野崎を見た。

何も言えず、着ていたスーツを脱ぎ、ウメの肩にかけた。

「野崎監査役！」

安藤が走ってきた。安藤はウメを見て「よかった」と呟いた。

「ウメさんを頼みます」

野崎は安藤に言った。そして野次馬をかき分け橘を探した。

橘は野次馬たちの中で火事を見ていた。

「橘支店長！」と野崎は橘に言った。「ウメさんは無事でした」

橘は野崎に言った。

「一体、どういうことなんでしょう？　木村ビルが燃えるなんて」

「え？」

意外な反応に野崎は戸惑う。

「もう嫌だわ。ウチの支店絡みの案件でこんなことが起きるなんて。いっそ全部灰になればいいのに」

「何を言うんですか！　ビルはウメさんの最後の拠り所なんですよ!?　ご主人と力を合

わせて建てたビルなんです！　それを……」

野崎は思わず声を上げた。

「どうせ来週には取られて競売にかけられる物件じゃないですか」

橘は冷ややかに言った。

「あなたも銀行の支店長なら、もっと人の気持ちがわかるようになって下さい！」

「そんなこと押し付けられても迷惑です。私はあおぞら初の女性支店長になったんです。初めての女性役員を狙っているんです。こんなところで躓くわけにはいかないんです」

「この案件はもともとあなたが持ってきた案件じゃないですか」

野崎は思わず橘の腕を強く摑んだ。

「暴力は止めて下さい！」

野崎は腕を離す。

「ツイてないわ。こんなことになるなんて……。私のキャリアに瑕がついちゃう」

橘が苛立ちながら親指の爪を嚙んだ。

「木村ビルの件をあなたに相談したのは武田の指示です」

「え？」

野崎は驚いた。

「全然気付いてなかったんですか？　鈍い人だわ」と橘はバカにしたように笑った。

「武田はこの木村ビルの一件に頭取が関与しているのではないかと疑念を持っていました。それで頭取を失脚させるためにあなたを利用して事実を明るみに出そうとしたんです。私は武田からあなたの動向を探り、報告するように言われただけです」

野崎は愕然とした。

すべて武田の差し金だったのか……。

「こんな面倒な案件だったなんて大きな誤算だった。私は自分の出世のために武田の言うとおりにしただけなのに……」

「もう二度とあなたの言葉は信用しない」

野崎は吐き捨てるように言って橘から離れた。

その時、野崎の携帯電話が鳴った。銀行から緊急用に持たされている携帯電話で、その番号を知っている人間は限られている。

見慣れない番号からの電話に、野崎は恐る恐る出た。

「よく燃えてるな」

電話の向こうで、くぐもった声の男が言った。

「誰だ」

「ククク……。お前のせいだ。お前が余計なことを嗅ぎまわるからビルに火がついたんだ」

「私のせいだと!?」

野崎は怒りに震えながら言った。

「これ以上、関わるな。……人が死ぬぞ」

電話の向こうで男は言った。

「こんなことが許されると思っているのか！」

野崎は声を荒らげたが、すでに電話は切れていた。

これはG１計画を探ったことへの報復の放火だというのか。しかも、相手は銀行の緊急連絡用の番号まで知っていた。

野崎は底知れない恐怖を感じた。

10

「面白い話が入ってきた」

有楽町駅に近い喫茶店で、野崎は毎朝新聞記者の柏木と会っていた。新宿で話して以来、柏木は時々野崎に連絡をくれるようになっていた。今日も突然連絡が来た。そして、「耳に入れておいてほしい情報がある」と言われ、野崎は柏木に会いに有楽町まで一人できたのだった。

柏木はコーヒーに砂糖とミルクをたっぷりと入れ、スプーンでかき混ぜながら野崎の顔を見た。

「鷹山首相の金脈問題を追う中で、東都政策研究室という団体に関する情報が入ってきた。知ってるだろ？」

「ええ」

「その東都政策研究室が、木村ビルの放火事件に関与しているという話が捜査当局から出てきた」

「東都が……？」

野崎は驚きの声を上げた。

「まだ、噂の段階だがね」

柏木はひどく甘いであろうコーヒーをズズッと飲んだ。

「九七年の商法改正で活動が制約され、地下に潜伏した総会屋が再び活動を活発化している。東都政策研究室もそんな総会屋の一つだ。最近、銀行は、合併や金融再編で過去の不良債権を処分する方向に動いている。彼らも今、生き残りを賭けてなりふり構っていられない状況なんだ」

柏木はタバコをくわえ、火をつけた。

「ヤツらの目的は、自らの存在の誇示、そしてあおぞらから金を毟《むし》り取《と》ること。そのためには……」と柏木は声を潜めた。「野崎監査役、あんたが邪魔なんだよ」

野崎の背中を冷たいものが降りていった。燃え盛る木村ビルや「人が死ぬぞ」と電話口で告げた男の低い声が脳裏に蘇った。

「身の回りには気を付けた方がいい」

柏木は真剣な顔で言った。

野崎は頷き、すっかり冷めてしまったコーヒーを飲んだ。


木村ビルの火災以来、ウメは安藤の家に身を寄せていた。一人で住むというウメを、安藤が引き留めたのだという。

「安藤には本当に世話になっている。安藤がいなかったら生きてられなかったかもしれん」

安藤の家の和室で、ウメは野崎に言った。

「警察から、放火の可能性が高いと聞きました。誰が木村ビルを……」

安藤は野崎に言った。

「私に対する見せしめかもしれません」

「どういうことですか？」

「これ以上関わるなと脅しがありました。……ウメさん、申し訳ありません」

野崎は頭を下げた。

「誰のせいでもない。あれがあのビルの運命だったんだ。じいさんも死んだ。分不相応なことをしたために、神様がお怒りになったんだ」

ウメの言葉に野崎は胸が締め付けられる。

「ウメさん……」

「だが……」

ウメの目から涙がこぼれた。

「一番悪い連中が裁きを受けていない」

ウメは涙を拭おうともせず、野崎を見て言った。

「野崎監査役、徹底的に犯人を探してくれ。そしてなぜ、普通に暮らしていた私たちがあの土地を追われることになったのか、追及してほしい。そうすれば、私やじいさんのような不幸な人間をこれ以上、出さずにすむような気がする」

野崎はウメの想いを受け止めた。

「わかりました」


野崎家の夕食の席は、いつものように和やかな雰囲気だった。

彩子と枝理花はテレビドラマの話をしながら鍋を食べている。野崎は会話の輪に入れず、食も進まなかった。

「どうしたの？」と野崎の様子に気が付いた彩子が言った。

「いや……」と野崎は言い淀《よど》んだ。

「おかしいよ。全然食べていないし」

野崎は、東都政策研究室とことを構える上で、どうしても家族のことが心配だった。

木村ビルに放火するような連中だ。家族の身に危険が及ばないとも限らない。家族への危害をほのめかして脅されたという安藤の気持ちが痛いほどわかった。

「しばらく北海道の実家に戻ってくれないか？」

野崎は彩子と枝理花に言った。

「どうして？」と枝理花が言った。

「仕事で、危険な奴らを相手にしている。お前たちに迷惑がかかるかもしれない」

「私たちにも危険が及ぶってこと？」

「何をするかわからん連中だ」

二人は黙り込んだ。鍋が煮える音が部屋に響いた。

「行きませんよ」

「私も。学校あるし」

「お前たち……」

「だって、あなたは間違ったことはしていないんでしょう？」

「もちろんだ」

「正しい方が逃げるのは納得がいきません」

「しかし……」

「あなたが戦うなら、私たちも戦います。十分用心しますから、心配しないで」

「そうか。……迷惑かけるな」

野崎の胸に熱いものがこみ上げた。「俺は家族に恵まれた」と心から思った。

翌日の監査役室はガランとしていた。

いつも十時には出勤する楠木も平賀もやってこない。

「今日はお二人、遅いですね」

野崎が言うと、美保は言いにくそうに言った。

「お二人とも、総会まで休みを取るそうです」

「え？」

「お二人は、今回の総会で退任する予定です。最後に面倒には巻き込まれたくないとおっしゃって……」

「そうですか。……その方がいいかもしれません。何かあっても困りますからね」

「監査役」

「はい？」

「行内で怪文書がまかれています。監査役のせいで木村ビルが放火にあったと」

「そうですか」

きっと怪文書の出どころは橘だろうと野崎は思った。自分の失点を避けるために、責任を野崎に押し付けようとしているのだろう。一瞬でも一緒にやって行こうと思った自分がバカみたいに思えた。

「私、おかしいと思うんです。悪いのは放火した人間じゃないですか。どうして監査役がそんなふうに言われないといけないんですか？」

「君にも迷惑かけるな」

「監査役は悔しくないんですか？　……私、悔しくて」

美保は赤くなった目に、涙を溜めて言った。

「言いたい人には言わせておけばいい。大切なことは銀行の信頼を取り戻すことだから」

「私、監査役の下で働けることを誇りに思います」

野崎は美保の肩にそっと手を置いた。

「よう。マズいところにきちまったか？」

声がして振り向くと、ドアのところから柏木が覗いていた。

「あ、いや、これは、違うんです！」

野崎は慌てて弁解をした。

「わかってるよ。冗談だ」と柏木は笑った。

柏木は監査役室を見渡して「ガランとしてるな」と言った。

「個室になりました」

「ちょっと作戦会議しようぜ」

柏木は野崎に言った。

柏木と野崎は、本店のほど近くにあるできたばかりの巨大な商業ビルへ向かった。そのショッピングモールにはフードコートがある。フードコートは、大勢の人で賑わっていた。

「何でこんなところで？」

「ここがいいんだよ。うるさくて誰が何を話しているかわからん。盗聴器をつけられていても何も聞こえんさ」

「なるほど」

柏木は生クリームの載ったいかにも甘そうなカフェラテをうれしそうに飲んだ。

「木村ビルに放火したのは、噂どおり東都政策研究室だった。警察の調べで東都の若いヤツが犯行を自供したという話だ」

「そうですか」

「ただ、そいつは自分一人でやったと言っている。動機はむしゃくしゃしてだと。そんなしょうもない話はないと思うが、警察はその男の単独犯で終わらせるつもりらしい」

野崎はコーヒーを飲んだ。

柏木は「さすがに甘すぎる。生クリームはいらねえな」とブツブツ言いながら、カフェラテを飲んだ。

「俺はここ十年くらい鷹山総理と京極頭取を追っているが、なかなか彼らの尻尾を摑むことはできないんだ。二人には接点があるはずなんだが……」

「彼らが怪しいと思った最初のきっかけは何なんですか？」

「鷹山の潤沢な政治資金だ。バブルを境に急に豊富になりやがった。株と不動産だが……、どれも不自然なくらいに値上がりしていた」

「インサイダー取引ですか」

「当時は株も不動産も、買えば必ず上がった。問題はむしろ売り時だった。鷹山は大蔵族だったから総量規制のことも知っていただろう」

総量規制とは一九九〇年三月に大蔵省から金融機関に対して行われた行政指導だ。異常な過熱を見せる不動産価格を沈静化させることを目的とする政策であったが、予想をはるかに超えた効果をもたらし、バブル崩壊の一因となった。

「鷹山は、あおぞら銀行と組んで株と不動産で儲けた。そして総量規制で株も不動産も下がることを見越して売り、さらに利益を上げた。大蔵と銀行が組めばどんな博打《ばくち》だって負けなかったろうよ」

「おまけに東都政策研究室という暴力装置もあった、というわけか」

「ああ、当時の彼らには怖いものなどなかっただろう」

「鷹山はその見返りに、何か便宜を？」

「そう考えるのが自然だろうな」

野崎は黙り込んだ。周囲の喧騒《けんそう》が二人を包んだ。

鷹山の図った便宜というのは、G1計画に関するものだったのかもしれないと野崎は思った。

「そうは言ってもよ、なかなか尻尾を摑めないんだ」

柏木が頭を掻きながら言った。

「だがきっとそこに落とし穴がある。彼らは自分たちを絶対の権力者だと思っている。必ずどこかに気のゆるみがあったはず」

「なるほどな」と柏木は立ち上がった。「もう少し調べてみるか」

「そういえば」

野崎は思い出した。

「ウチの運転手に聞いた話だけど、当時、ウチの支店で進めていた東銀座再開発計画の会合で、東銀座支店長を料亭に送って行った時、大日本生命の社長の車と鉢合わせしたことがあるって言っていた」

「大日本生命……？」

「そう。赤坂の料亭で。……繋がりがあるかはわからないけど」

「面白そうだな。探ってみるか」と柏木はニヤッと笑った。

「柏木さん、気を付けて下さい。何をするかわからない連中だ」

「なあに、慣れっこさ。それに俺はいざとなりゃバックに会社がついている」

柏木が言った。

野崎が専務室へ行くと、武田は自席で書類を見ていた。

「珍しいな。お前でもそんなおっかねえ顔をすることがあるのか」

野崎を見た武田が言った。

「木村ビルの放火、犯人は東都政策研究室の若者だと聞きました」

「なんだと？」

「まさかあなたの指示では……」

武田は新聞を机に叩きつけた。

「ふざけるな！　俺を愚弄《ぐろう》する気か！」

「東都と手を切って下さい。総会屋を一掃しなければ、あおぞらの再生はありません」

「お前の指図は受けん」

「専務！　志のない連中は、やがてあなたを破滅へ導きます！」

武田は立ち上がり、興奮して机を手の平で叩いた。

「そんなことはわかっとる！」

野崎は武田と睨み合った。

「木村ビルの件、本当か？」

「警察の調べに単独犯だと自供したそうです。私も脅されました」

「そうか。……お前の家族の安全は俺が保障してやる」

「じゃ、やはり……」

「考え時か」と武田は呟いた。

「少し言い過ぎました。ですが、あなたが組んでいるのは、そういう卑劣なことを平気でやる連中なんです」

武田は窓の外を見た。

「お前以外の監査役は休みを取ったそうだな」

「はい。お歴々は総会まで出てこないそうです」

「今すぐクビだな、そんな連中は」

「同感です」

武田は振り返り、口の端で笑った。

「珍しく意見が合ったな」

「武田専務。……役員とは何でしょうか？」

「ん？」

「サラリーマンたるもの、誰でも一度は役員を夢見ます。権限も待遇も大違いですから。しかし、役員になれるのは、ほんの一握りの人間です」

「ああ」

「だが、役員になった人間は忘れている。今まで以上の責任を果たさなければならないことを」

武田が野崎をじっと見据えている。

「銀行は人の生死を左右することもある。取引先には死者や自殺者も出ています。その先頭に立つ人々は、自らもその危機の真っ只中にいることを自覚すべきです」

「そのとおりだ」

「しかし、現実はどうです？　まるで既得権益のように権力や威光にしがみつき、関心があるのは身の安全と出向先と退職金ばかりだ。これで本当に真の不正と戦えるのでしょうか？」

「お前も因果な時代に監査役になったものだ」

武田がフッと笑った。

「こんな時代だからこそ、監査役になれたのです。武田専務、あなたも同じです」

「惜しいな。お前が俺の派閥に入るなら、すぐに常務に取り上げてやるものを」

「監査役とは一人で戦う役職です。私にはそれが合っています」

一礼して専務室を出ようとした野崎の背中ごしに「惜しい、惜しい」という武田の声が聞こえた。

11

大日本生命社長の蓼沼《たてぬま》隆二《りゅうじ》は八九年に社長に就任し、そのまま現在も社長を続けていた。東京大学を卒業後、大日本生命に入社、企画営業部、ボストン支店、ロンドン支店、経営戦略室と、絵にかいたようなエリートコースを歩み、社長へ上り詰めた。

この蓼沼という男が、頭取の京極と鷹山総理の媒介となったのだろうか。あまりにも大きな話に、野崎は現実感が湧かなかった。

その時、美保が駆け込んできた。

「監査役！　大変です！　外を見て下さい！」

銀行の前に何台もの街宣車が停まっていた。

野崎はすぐに一階へ降りた。街宣車からの大音量の演説が聞こえてきた。

「あおぞら銀行はッ！　不良債権隠しをやっているッ！　しかも莫大な公的資金の援助を受けているッ！　あおぞら銀行は国賊であーるッ！」

人をかき分けてロビーを進み、玄関から外へ出た。

正面玄関前に街宣車が三台並んでいた。その声は容赦なくあおぞら銀行へ向けられていた。通行人たちがその様子を立ち止まって見ている。

玄関を出たところに総務部長の菊山がいた。菊山は街宣車の演説内容をメモしていた。

「何をしているんですか？」

「情報収集です」と菊山はメモを取る手を休めずに言った。「中にいてはハッキリ聞こえませんから」

「どうしてこんなことに？」

「さあ」

「これは東都政策研究室の仕業ですね？」

「知りません」

菊山はメモを取る手を止めると行内に戻ろうとした。その後を野崎は追った。

「武田専務と東都の間に何があったのです？　それとも別の総会屋の動きですか？」

「わかりませんな」

「部長。このままでは株主総会の意見書にあおぞらと闇組織の関係について書かねばならなくなりますよ」

「なんだと!?」

振り返った菊山が、鬼の形相で野崎を見た。

「俺たちが血の滲むような思いで総会屋対策をしてきたのに、それをぶち壊すようなことをするな！　それが監査役のすることとか！」

「事実のためです。関係があるならば、それをきれいにすべきです」

「ふざけるな！　世の中っていうのはな、そんな簡単なものじゃないんだ！　きれいごとじゃすまされないんだぞ！」

菊山が今にも野崎に摑みかからんばかりに迫った。

「そのとおりです。正義を勝ち獲《かと》るためにはきれいごとでは済まされない。それでもやる価値はある。違いますか？」

「話にならん」

菊山は踵を返すと行内へ入っていった。

野崎の背後では街宣車の演説が続いていた。

あおぞら銀行を不穏な空気が取り巻いていた。


柏木から連絡を受けた野崎は新宿の居酒屋へ向かっていた。

「京極頭取と鷹山総理のことで、面白いことがわかったぞ」

柏木は電話の向こうでそう言って、「うるさいところの方が盗聴されにくいって言ったろ」と待ち合わせ場所として新宿の居酒屋を指定してきた。

居酒屋に入ると、隅の席で柏木が酒を飲んでいた。

「飲んでるんですか」

「ああ。情報料としてあんたに奢《おご》ってもらうつもりだ」

柏木はそう言って日本酒をグイッと飲んだ。野崎も付き合って日本酒を飲んだ。

「早速だが……」

柏木はカバンからファイルを取り出した。そこには中学校の卒業アルバムのコピーが二冊、入っていた。

「あんたのところのボス、京極は東京生まれの東京育ち。名門日比谷北中の出身だ」

コピーの顔写真の中に中学時代の京極が写っていた。まだあどけない表情だが面影がある。

「そして鷹山総理は山口県下関出身。中学校は公立の下関第一中学」

柏木に次のコピーを渡される。そこには学生服を着た鷹山が載っていた。

「この二人を繋いだのが……」

柏木は二つの卒業アルバムのコピーを並べた。

「あ！」

思わず野崎は声を上げた。

並ぶクラスメイトの顔写真の中に、「蓼沼隆二」の名前があった。

「そう、大日本生命社長の蓼沼隆二だ」

「どうして両方に？」

柏木はつくねを頬張りながら言った。

「蓼沼は当初、日比谷北中に通っていた。しかし、中学三年の秋、父親の仕事の都合で下関に引っ越した。卒業は下関で迎えたが、二年半以上通った日比谷北でも卒業アルバムに載せてもらえた。だから両方の卒業アルバムに顔写真が載っている」

「これで三人が繋がった……」

「ああ」

とうとう京極まで繋がったと野崎は思った。

「もう一つ、爆弾がある」と柏木はニヤリと笑った。

「爆弾？」

柏木はファイルをめくった。

「蓼沼の元秘書部長が几帳面な男でね。もうとっくに退職したくせに、一九九〇年に覚書きとして書いていたメモをまだ持っていた。蓼沼の伝記を書くと言ったら自慢気に見せてくれたよ」

柏木が差し出したコピーには『銀座一丁目地区再開発プロジェクト始動』の文字が躍っている。

「これで東都政策研究室の地上げや木村ビルへの無謀な融資も、すべて説明がつく」

その資料はまさにパンドラの箱だった。

あおぞら銀行と大日本生命の主導で、銀座一丁目地区に巨大ショッピングモールを建設するという計画が記されていた。

通称G1計画。国が動き、あおぞら銀行が中心となって進められたという。大日本生命も多額の投資をすることになっていた。

「株と不動産で利益を上げた鷹山は、この再開発計画に関してあおぞら銀行に便宜を図ったってことですか？」

「ビンゴ。鷹山は銀座一丁目に土地を持っていた。再開発計画によって値上がりした土地を売る予定だったのだろう」

「それがバブル崩壊で頓挫し、鷹山は損失を被った。それで東銀座支店長が詰め腹を切らされた」

「そういうことだろうな」

柏木は指先に付いたつくねのタレを舐《な》めながら言った。

野崎は資料を手に絶望的な気持ちになった。

やはり、あおぞら銀行は、最初から木村ビルから返済を受けようとは考えていなかった。一帯を再開発するために、立ち退きに応じない木村夫妻に過剰な融資をして返済不能に陥れ、合法的に土地を取り上げて巨大ショッピングモールを建設する予定だったのだ。

「やはり頭取が関わっていた……」

野崎は呟いた。

しかし、これらは状況証拠に過ぎなかった。これから京極や鷹山の関与を立証するには、莫大な時間と証拠集めが必要になる。監査役の手に負える仕事ではなかった。

「これが事実なら、頭取には引退してもらうしかない」

野崎はそう呟き、酒を呷った。

翌日、野崎は頭取室へ行った。

「頭取に急ぎの用件があります」

野崎はそう言って、秘書が止めるのを無視して頭取室へ入っていった。

「野崎監査役」

京極は席で新聞を読んでいた。

「お話があります」

野崎は京極の前に立った。

慌てて追いかけてきた秘書が「すみません。お止めしたのですが」と京極に頭を下げる。

「構いません」と京極は秘書に言い、野崎に「お座りなさい」と促した。

野崎と京極は応接のソファで対峙した。

「急な用件ですか？」

「はい」

「お聞きいたしましょう」

「G1計画の全容がわかりました」

「ほう」

野崎は京極を真っ直ぐに見つめ、確かな口調で話し始めた。

「G1計画とは、銀座一丁目に巨大ショッピングモールを建てる計画でした。土地は主に大蔵省財務局管轄のものを払い下げ、幹事はあおぞら銀行と大日本生命。しかし、金融機関が表に出るわけにはいかずゼネコンを立てた。あおぞらと大日本生命は融資に回った」

聞いている京極は顔色一つ変えない。

「容積率、地形の関係から、計画ではどうしても木村洋装店の土地が必要だった。しかし交渉を続けていた山田興産は木村洋装店の買収に失敗した。木村さんは生まれ育った土地を手放す気はなかったですからね。そこで付き合いのある担当者を使い、情に訴えて、木村洋装店の返済能力をはるかに上回る金額の融資をして、土地を担保に入れさせた。最終的にはあの土地を取り上げるためです。……違いますか？」

京極はいつもの表情で野崎を見ていた。

「お答え下さい」

京極の眼鏡の奥の目が細く開かれた。顔の柔和さとは裏腹に、その眼は笑っていない。

「それはあなたの想像ですか？」

「いえ」と野崎はファイルを出した。「ここにある資料を読み解いて得た結論です」

「あなたは何か勘違いなさっている」

京極は野崎に言った。

「あなたがどこでこんなでたらめな資料を手に入れたのか知りませんが、こんなものはなんの証拠能力もありません。架空の再開発計画ではありませんか？　どこかに私が指示したと書いてありますか？」

「いいえ」

「私はあおぞら銀行の頭取です。その頭取に対してなんの証拠ももたないあなたが、このような無礼な疑いをかけて許されると思っているのですか？」

「本来であれば辞表を懐に入れて直言すべきことでしょう。しかし、今の私は株主に選ばれた監査役であり、頭取個人の人事権によって選任された使用人ではありません」

二人は黙って睨み合った。

「残念です。あなたを監査役に推薦した時の私の目は曇っていました」

「どのような評価を受けようが結構です。監査役は取締役の業務を監査するのが仕事です。たとえ、それが私を取り上げていただいた頭取でも」

「私にどうしろと言うのですか？」

「頭取を辞任して下さい」

「……私に辞めろと」

「はい」

「そのでたらめな資料が証拠ですか？　裏は取れたのですか？」

野崎は答えられない。

「呆れてものが言えません」

「頭取。正直申しまして、ここに書かれていることは、私の……、監査役としての手には余ります。現在、私にはこの事件を追及するだけのスタッフも予算もありません。十年前に遡り、今の首相を巻き込んだ一大汚職事件を詳細に調べる時間も力もないのです」

「そんな事件などなかったのです。いくら予算をつぎ込もうが無意味です」

「もし引退していただけないのなら、私はこの資料を東京地検特捜部に送ります」

京極の細い目がカッと開かれた。

「なんですと？」

「司法の判断に委ねるのです」

「正気ですか？」

「はい」

「現役の監査役が、不十分な証拠で頭取である私を告発するというのですか？」

「仕方ありません」

京極の顔から完全に笑みが消えた。

その顔を見た野崎は寒気を感じた。

「それは責任放棄です。事実関係がわからないから司法の手に委ねる。それでは元々監査役など必要ないではありませんか」

野崎は京極の真意を図りかねた。

「行内に監査役を置くのは事実究明のためです。行内の不祥事については徹底的に調査してほしい。その上で必要とあらば司法に委ねる。その過程がなければ監査役などお飾りです」

「ですが……」

「監査役として徹底して調べたらいい。予算とスタッフが必要ならつけましょう」

「え……？」

「その架空の話をとことん追及して下さい。その上で必要とあらば訴えて下さい。私も正面から受けて立ちましょう」

野崎は京極を見た。自身の疑惑をとことん追及しろと言う。何を意図しているのかわからなかった。

「私もあおぞらの頭取です。逃げも隠れもしません。とことんやって下さい」

京極は立ち上がった。そしてスッと手を上げた。「もう帰れ」という指図だった。

野崎は一礼をして頭取室を後にした。


野崎が監査役室に戻ると美保が無言で目配せをした。野崎はその方向に視線を移す。

監査役の楠木が荷物をまとめていた。

楠木は野崎に気が付き、「やあ、野崎君」と決まり悪そうに言った。

「ちょっと私物を取りに」と楠木が作り笑いを浮かべる。

「そうですか」

野崎はスーツの上着を脱ぎながら言った。

「怒っているのか？」

「いえ、失望しているだけです」

「この歳になっては、やくざや右翼とは戦えんよ」

「やくざや右翼だけですか？」と野崎は苛立って楠木を見た。「行内の不正に声を上げたことはありましたか？」

楠木は答えない。

「バブル期に生まれた不良債権、その全てがまともだったとは到底思えませんが」

「時代だ！」と楠木はムキになって答えた。

「いいえ、きちんと監査していれば当時から危ない案件は多数あったはずです。犯罪が絡んでいそうな案件もです。違いますか？」

「身内を犯罪者に仕立て上げることはできん……」

「その身内意識がさまざまな銀行不祥事を生んできた諸悪の根源です。過去の監査役がしっかりしていたら、銀行はここまで堕落しなかったはずです」

「き、君にそこまで言われる謂《いわ》れはない！」

「あなたは常務から監査役になられた。まさに銀行の中枢にいた人だ。その責任は問われてしかるべきじゃありませんか？」

「私に責任などない！」

楠木が声を上げた。

美保が二人の間に割って入った。

「楠木監査役。野崎監査役が戦っているのはやくざだけじゃありません。頭取や専務、業務推進部……。行内でも孤軍奮闘しています。できるならば楠木監査役も一緒に戦ってほしいです」

「私は……、私は……」

「すみません。言い過ぎました」と野崎は楠木に詫びた。

「権力の中枢にいると、目が見えなくなることもある。これからは若くてやる気のある人間が監査役にならねばならん。いずれにしろ、私はもう歳を取り過ぎた」

楠木は荷物を持つと、監査役室を出て行った。

美保が野崎を見た。

「総会まで戦争です」

野崎は美保にそう告げた。

12

「お久しぶりです」

出向していた坂本が監査役室を訪ねてきた。

坂本は解雇は免れたものの、西條によって子会社へ出向させられていた。

「坂本君！　どうした？」

「人事部に用事がありましたもので」

「よく来てくれた」

「なんだか寂しくなりましたね」

坂本は周囲を見て言った。

「最小限のスタッフしかいなくなったからね」

坂本は落ち着かない様子でそわそわしている。

「どうした？」

「野崎監査役、僕をここで働かせてくれませんか？」

「え？」

「今、人事部の森山部長に、希望するなら監査役室に異動できるようにすると言われました」

「しかし……」

「お願いします。僕を監査役室のスタッフに加えて下さい」

「以前と違い、事態は深刻化している。私は頭取や専務に宣戦布告してしまったからね。監査役室は当行の実力者二人と対決する前線基地なんだ。残念だけど、坂本君のような若い人を巻き込むわけにはいかない」

「監査役は今一人で戦っておられます。これでは勝負になりません。監査役が僕のことを案じてくれるのは大変ありがたいです。しかしそろそろ監査役も悪人になってもいいんじゃないでしょうか」

「はい。優しさだけでは不正を糺すことはできません。時には厳しくつらいことを命令する勇気も必要ではないでしょうか」

野崎は坂本を見た。少しの間でずいぶん逞《たくま》しくなったと感じた。

「僕は大丈夫です。今後、僕のキャリアがどのようになろうとも、自分の行動に誇りを持つことができます。監査役もそう思えるからこそ、戦えるのではありませんか？」

「わかった。力を貸してもらうよ」

野崎は右手を出した。野崎と坂本は固い握手を交わした。

そこに石橋が飛び込んでくる。

「監査役！　大変です！」

「どうしました？」

石橋はテレビをつけた。臨時ニュースが流れていた。

記者が東銀座支店前から中継をしていた。

テロップに『大物総会屋逮捕！　あおぞら銀行との繋がりは？』と出ていた。

記者が興奮気味にレポートを始めた。

「大物総会屋として知られる東都政策研究室の海藤代表が逮捕されました。海藤は過去に東銀座の土地買収に絡んで地上げを行っていたとされ、同地区の開発を進めていたあおぞら銀行との繋がりが取り沙汰されていました。検察はあおぞら銀行東銀座支店へ立ち入り、東都政策研究室とあおぞら銀行に利益供与などの事実はなかったか、調査を行う方針です」

野崎は言葉も出ないほど驚いていた。

海藤が逮捕された。武田が東都政策研究室を切ったのだろうか。それなら連日街宣車があおぞらを取り囲む理由もわかる。

総会を前に、事態は大きく動いていた。


記者会見が行われた。頭取の京極を始めとする取締役は、ズラリと並んで大勢の記者たちの前で深々と頭を下げた。野崎は記者の後ろでその様子を見ていた。

「この度は当行に関する不祥事で世間をお騒がせしましたことを深くお詫びいたします」

一斉にフラッシュが焚かれた。

次々と記者の質問が飛び、京極が答えた。

「支店に捜査が入るというのは極めて異例なことだと思いますが」

「誠に遺憾です」

「東都政策研究室との繋がりはどうなんですか?」

「元東銀座支店長が独自のルートで知り合ったようです」

「地上げを依頼した事実はあるんですか?」

「元東銀座支店長が依頼した可能性はあります」

その時、一人の記者から質問が飛んだ。

「東都政策研究室の海藤は政界とも太いパイプがある大物右翼です。京極頭取はこの件に関与していないのですか？」

会場が一瞬で静まり返った。

質問したのは柏木だ。

「一切関係はありません」

京極は表情一つ変えずに言った。

野崎は記者たちの後ろから、その一連の様子を見ていた。

すぐに臨時取締役会が開かれた。

「今回の不祥事に関しては、比較的世間も行内も落ち着いており、しばらくマスコミ攻勢も続くでしょうが、間もなく沈静化するのではないかと思われます」

総務部長の菊山が報告した。

「何か意見のある方はいらっしゃいますか？」

進行役の森本常務が役員たちに言った。

野崎が手を上げた。

「頭取の責任はどうなりますか？」

一瞬で会議室の空気が凍りついたのがわかった。

「野崎監査役は、私に責任をとれとおっしゃるのですか?」

京極が言った。

「トップの首をすげ替えろと言うのではありません。真実を話して下さいと言っているのです」

「どういう意味ですかな」

「監査役室が手に入れた資料では、東銀座支店が関わっていたとされるG1計画は、一支店には余りある規模のものでした。どう考えても本部決裁が必要だったはずです。経営層が知らないですまされる案件ではありません。むしろトップダウンで下りてきたと考えるのが自然です」

会議室に緊張感が漲った。

「それが私だと言うのですか?」

京極の冷たい視線が野崎に向く。

「当時の東銀座支店長は頭取の派閥でした。頭取と非常に近しい関係であったのは周知の事実です」

「大森君は評価していました。しかし、不正があったので処分しました。今回のようなことになり非常に残念です。その意味での責任を感じますが、私は一切、この案件とは関わりはありません」

保身を図るだけの京極の言い分に、野崎は怒りを覚えた。

武田が机を叩いた。

「監査役！　京極頭取がやったという証拠はあるのか？」

「ありません。だから頭取に真実を話してもらいたいんです」

「ちゃんとした証拠もないのにトップを疑うな！　お前の悪い癖だ！」

武田は立ち上がった。

「全ては証拠を揃《そろ》えてからだ。……俺もG1計画が東銀座支店だけで進められたとは思ってねえ」

武田はそう言うとそのまま役員会議室を出て行った。武田の後を武田派の役員たちが追って行く。

役員会議室にざわめきが起こった。

野崎は京極を見た。微動だにしない。

頭取と専務の雌雄を決する戦いが始まったのだ、と野崎は思った。

13

あおぞら銀行では、株主総会へ向けての準備が進んでいた。

総会が近づくにつれ、あおぞらを取り巻く街宣車の数は増えていった。騒がしい音と演説が一日中鳴り響く。

「国賊あおぞら銀行はーッ!!　不良債権処理に国民の血税を使いーッ!!」

野崎は監査役室からその様子を見た。


マスコミもあおぞらと総会屋の〝疑惑〟を連日報道した。

監査役は、株主総会に監査報告書を提出する義務がある。それは、本来であれば監査役が自ら書き、報告しなければならないのだが、あおぞら銀行では、総務部が作成した報告書に記名・捺印するのが慣例になっていた。

今年も総務部から監査報告書の原案が送られてきた。

それを見た野崎は腹立ちを覚えて総務部へ向かった。

「菊山部長、これは何ですか?」と野崎は菊山の机に報告書の原案を叩きつけた。「こんなものに判を押せと?」

「そうです。すでに他の監査役の方々からは頂戴いたしました」

菊山は当然とばかりに言った。

野崎は書類の文言を読み上げた。

「取締役の職務遂行に関する不正行為又は法令もしくは定款に違法する重大な事案は認められません……」

「そういうことです」

野崎は机の上に身を乗り出し、菊山に迫った。

「冗談じゃない！　支店に検察が入ったんです。こんな監査報告書で株主が納得しますか？」

「では……、どのように書くおつもりですか？」

「それはまだ決めていませんが……」

菊山は立ち上がった。そして野崎に顔を近づけて言った。

「監査報告書の持つ意味がわかっているんですか？　行内から、『取締役に問題あり』なんてことを書けば、マスコミにも取り上げられ、株価にも影響する。いや、株主総会自体が紛糾する」

野崎は言葉を返そうとするが、菊山が遮った。

「あなたが行内で正義の味方ごっこするのは勝手だ。だが、公の場で我々を巻き込むのは止めていただきたい」

「なんだと……」

「あなたのスタンドプレーでトップから末端の行員にまで迷惑がかかるのがわからないのですか!?」

「あおぞらに闇社会との関わり合いがあったことはすでに知られている。それを認めることに何の問題があるんですか!?」

野崎は反論した。二人のやり取りを、総務部の行員たちがじっと聞いているのがわかった。

「わかっている限り、現在の行内状況を株主並びに世間に伝えるのが私の使命です！　たとえ不十分でも私は現時点で確認できたことはつぶさに報告するつもりです。十年一日のごとく、過去と同じ文句で判を押すような真似《まね》は、私にはできない」

菊山は座り込んだ。

「あなたは株主総会の怖さを知らない」

「そうかもしれない。しかし、わからないからこそ、できることもある。あおぞらの呪縛、株主総会の呪縛。それは案外実体のないものかもしれないじゃないですか」

菊山が興奮して机を叩いた。大きな音が総務部に響く。

「いいですか！　ヤツらは幻影じゃない！　組織的な暴力団です！　木村ビルの放火だって、広い意味ではあなたのパフォーマンスのせいじゃないんですか！」

「我々はいつか闇社会とは決別しなければならない！　ただ誰もが先送りにしてきただけです！」

野崎は毅然と言った。菊山は黙り込む。二人の言い争いに総務部は静まり返り、プリンターが紙を吐き出す音だけが聞こえた。

「それもわからないでもない。自分が危ない、家族が危ない、血が流れる……、そう思うと、これまでどおり何とか平穏に過ぎてくれと願う。その気持ちももちろんわかります。でも、それをしなければ日本の大企業はいつまでたっても闇社会の資金源です。それがわかっているんですか？」

　菊山は何も言わずに野崎の顔を睨んでいた。

　野崎は自席に戻り、総会に提出するための監査報告書を書き始めた。

　しかし、野崎はずっと逡巡《しゅんじゅん》していた。もし、監査報告書に、Ｇ１計画のことや京極と鷹山総理の関係などを記せば、総会は確実に紛糾する。マスコミは大きく報道し、あおぞらはさらに窮地に立たされることは間違いがなかった。

「私の書いた報告書によって、あおぞらの運命が左右される。だが事実を書かないわけにはいかない。それが監査役の使命だ」

　野崎はキーボードに再び手を置く。しかし、なかなか書き出せない。

「本当にいいのだろうか……」

「監査役、お悩み中か？」

　視線を上げるとドアに凭れて専務の武田が立っていた。

「何かご用ですか？」

「監査報告書の書き方を教えてやろうと思ってな」

「それはありがとうございます。ですがお断りいたします。これは監査役の仕事ですので」

「相変わらずだな。融通が利かないヤツは女に嫌われるぞ」と武田が笑った。「所詮、株主総会ってのは儀式だ。大体、一年間の企業業績に関して、一日で何がわかる。そんなもんは適当に書いておきゃいいんだよ。清々粛々と式次第に則《のっと》って速やかに終わらせるのが基本だ」

「そのために総会屋に金を払うってことですか？」

武田がゆっくりと近づいてきた。

「監査役……。権利の上にあぐらをかく者って知っているか？　俺たちが今、権利だと信じ込んでいるのは天から降ってきたんじゃない。時の権力者や為政者と戦って奪い取ってきたんだ。それを忘れ、権利の上で惰眠をむさぼる者は、やがてその権利を失ってしまう。……今の銀行と同じだ」

野崎の正面に立った武田の視線は、真っ直ぐに野崎に向けられている。

「銀行は、過去の行員が営々として築いてきた信用や社会的地位にあぐらをかき、利益を漁り、客から金を毟り取ってきた。今、そのツケが回ってきたんだ」

武田が机の上に身を乗り出し野崎を見下ろす。大きな体が野崎に圧力をかけた。

「今のままではまた同じになる。お前がこの死せる巨人の息を吹き返させるんだ」

意外な言葉に驚き、野崎は武田を見た。

「京極を追い落とさない限り、あおぞらは変わらない。ヤツを蹴落とせ。お前のサポートは俺がしてやる。お前との決着はその後だ」

「私は監査役です。あくまで中立の立場で……」

野崎に向かって武田の太い腕が伸びた。そして胸倉を摑む。武田の顔が野崎のすぐ前に突き出された。

「きれいごとを言うんじゃねえ！」

野崎は至近距離で武田と睨み合った。

「これはもはや単純な権力闘争じゃない。あおぞらの生き残りを賭けた戦争なんだ」

武田は真剣な顔で言った。

「行員一万五千人を積んだ母船が沈もうとしているんだ！　いいのか！　このままではあおぞらはダメになる。生き残るためにはお前の力が必要なんだ！」

武田は野崎を摑んでいた手を離した。野崎の身体が椅子に沈む。

「東都政策研究室とは手を切った。今後も関わらないと約束する。しかし、俺ができるのはここまでだ。頭取を追い詰めることはできん」

武田の真剣な目が野崎に向けられる。

「監査役は商法で守られている。場合によっては会社を代表して現経営陣を訴えることだってできる。頭取を追い詰めることができるのはお前だけだ」

「挑発には乗りませんよ」

「挑発なんかじゃない。俺の偽らざる心境だ。あおぞらは危機の真っ只中にある。……助けてくれ」

武田が頭を下げた。野崎は驚く。武田が頭を下げていた。それほどあおぞら銀行は窮地に立たされているのだ。

「頭を上げて下さい。私も武田専務もあおぞらをよくしていこうという点では一致しています。……あおぞらの未来のために、今、書くべきことを監査報告書に記そうと思います」

野崎は書き上げた監査報告書を持って総務部へ行った。

部長の菊山は来客中だった。

「もうすぐ戻ると思いますので」と、総務部の女性行員が野崎を応接のソファへ案内した。

「ちょっと君。菊山部長の客って誰だい？」

「え？　私は……わからないですけど……」

女性行員の歯切れの悪い受け答えを見て、野崎は総会屋が来ているのかもしれないと感じた。

そこに菊山が戻ってきた。疲れた様子で自分の席にドサッと腰を下ろす。

野崎は立ち上がり、菊山の席に向かった。

「何ですか？」

野崎に気付いた菊山が言った。

「株主総会での意見書を書いたので見ていただきたいのですが」

野崎は書類を差し出す。菊山はそれを手に取り、老眼鏡をかけて読み始めた。

「独自の意見を付言するつもりですか？　しかも『今回の不祥事に関して、銀行経営中枢部の関与も調査する』とはどういう意味ですか？」

「文字どおり、今後、経営者たちが関与していないか調査を続けるという意味です。表現をだいぶ婉曲《えんきょく》にしたんですが、マズいですかね」

菊山が心底うんざりしたような声を出した。

「こんなこと書いたら総会が紛糾します。総会屋はこの文言をネチネチと追及してくるに決まっています」

「そうですか。じゃ、もう一度考えて……」

菊山がイライラした口調で遮る。

「書き直しじゃない！　外してくれと言っているんだ！」

「外すことは考えていません」

菊山が突然書類を机に投げつけた。

「いい加減にして下さい！」

立ち上がり荒々しく声を上げる。

「それでなくても東銀座支店の一件で総会は紛糾しそうなんです！　あれは東銀座支店の元支店長が突っ走ったゆえの不祥事です！　経営陣は関係ないということで決着がついている！　これ以上、ややこしくしないで下さい！」

「そんなのは銀行の中だけの論理です。世間一般は誰も信用していない。現に、マスコミはあおぞら銀行と総会屋の関係を疑惑として連日報道しています。監査役としての自分の意見を書くのは義務であり責任を果たすことです」

菊山は疲れたように座り込んだ。

「わかりました。もう好きにして下さい」

口調が投げやりなものに変わった。

「監査役としてご忠告申し上げます。総会が近くなっていますが、総会屋に決して金品を渡さないで下さい。渡したことが発覚した場合、あなたを告発します」

「……第二の木村ビルがでますよ？」

「それでも手を切るべきです。総会屋対策は一切しなくて結構」

菊山が手近な灰皿を摑み、机に叩きつけた。ガラスの灰皿が粉々に砕けた。

女子行員から悲鳴が上がった。

「一体なんだって言うんだ！　あんたも武田専務も！」

菊山が興奮して怒鳴った。

「武田専務が？」

「総会屋への利益供与を止めろと言ってきたよ！　俺に仕事をするなってどういうことだ！　総務に配属されてから二十年以上、俺は銀行の表も裏も見てきた！　俺が抑えたスキャンダルは数えきれない！　それを全部、俺は墓場まで持っていくつもりだ！」

菊山は大きく肩で息をした。

「ところがあんたらは途中からポッと出てきて、何でもかんでも表に出せと言いやがる！　そのためにどれだけの行員や家族が被害を受けるかなんて考えてもいない！　あんたの正義とはなんだ！　人間はそんなに完璧なのか！　誰だって間違いは犯す！　それを隠すことがそんなにいけないのか!?」

野崎は菊山の言葉を受け止めていた。

「俺がやってきた今までの仕事は……、何だったんだ……」

「菊山部長。私はあなたの過去の仕事を否定するつもりはありません。しかし、銀行は変わらなければならないんです。従来の形は限界に来ている。身内でなあなあに済ませたり、金でカタをつけたりするような経営では、世間も世界も納得しない」

菊山は力なく肩を落とした。

「我々銀行の株も海外の投資家が買っている。好むと好まざるとにかかわらず、日本の大企業は世界的な基準で物事に対処しなければならないんです。もはや後戻りできない。それが今の経営者にも国にもわかってない」

「何を大げさな……。あおぞらはあおぞらのままじゃないか……」

「確かに。……しかし、それが現実なんです。今は世間や取引先も銀行に透明な経営を求めている。公的資金を受け、不良債権で日本経済の足を引っ張っている銀行は自らの襟を正すこと。それが私たちに残された唯一の道なんです」

菊山は椅子に座り込んだ。

「責任ある立場の人間が責任ある行動をとるという当たり前のことをしていきましょう。過去が間違っていたならそれを認めやり直しましょう。それがこれから我々に求められている仕事です」

14

株主総会が刻々と近づき、準備が慌ただしさを増していった。

広報部長の白川を中心にマスコミ対策が話し合われた。野崎も会議に出た。

主な出席者は、野崎と白川の他、菊山と秘書室長の神崎《かんざき》だ。

「今回の総会は不祥事の後ということもあり、マスコミも注目しています。これで長引けば、また何を書かれるかわかりません」と白川が言った。

「そうですよー。無駄に注目されることは得策ではないんでね。例年どおり一時間以内に納めてくださいよー。頼みますよー」と神崎がヘラヘラと笑いながら軽く言った。

「いやー、去年は一時間を少し超えましたなー。で、どうです？　今年は不祥事があったにもかかわらず三十分以内に終わらせて世間をあっと言わせるというのは」

「今年はどうなるかわかりませんぞ」と菊山が憮然《ぶぜん》として言った。

「は？　どういうことです？」

神崎は意味がわからず薄っぺらい笑みを浮かべる。

野崎は口を開いた。

「今年は不祥事について監査報告書で報告します」

「は？　何ですって？」

白川も驚いて野崎を見た。

「それに、今年は違法な総会屋対策はするなということですので」と菊山が変わらず憮然として言った。

「違法って……。そんな大げさなー。頼みますよー。例年どおり行きましょうよー」と神崎がまたヘラヘラと笑った。

菊山が拳で机を叩いた。

「まさか総会屋に金も握らせずに、毎年毎年、一時間で総会が終わると思っていたわけじゃないでしょうな！」

菊山が神崎を睨みつける。

神崎の顔から笑みが消えた。

「いえ、それは……」

「今年からは正攻法で乗り切ります」と野崎。「従って、頭取にもどのくらい時間がかかるかわからないとお伝え下さい」

「じょ、冗談じゃない！」と神崎は思わず立ち上がった。「監査役！　あなたは何を考えているんだ！　総会の議長は頭取だぞ！　我々のトップが、やくざに何時間も罵声を浴びせられるのを我慢しろというのか！」

「議会運営については武田専務も了承しています」

「と、とにかく、すぐに頭取に報告してきます」

神崎はあたふたと会議室を出て行った。

白川が野崎に言った。

「総会屋対策をしないなんて……」

「心配ですか？」

「マスコミは総会屋を批判しますが、株主総会の集中日になると報道するのは『どのくらいの時間がかかったか』ということだけです。『何時間もかかったが説明責任を果たした立派な株主総会だった』などという報道は聞いたこともありません。総会の中身になんて興味はないのです。長いか短いか、報道するのはそれだけです。短いのが良くて長いのが悪い総会のように報道するのです」

「彼らは総会の内容を聞いているわけではない。関心があるのは客観的にわかりやすい時間だけなのでしょう」と野崎は言った。「それならば白川部長、広報であるあなたからそのマスコミを変えて下さい」

「えっ？　マスコミを変える？」

「そうです。マスメディアを教育するのです。長い総会は悪くない。長い総会になったのは妨害する総会屋のせいだ。その総会屋と正々堂々と戦うためには時間がかかる。長い総会を開いているのはむしろ良心的なのだ、と」

「そうは言っても、今回のように不祥事があった場合は……」

「不祥事で長くなるのは当然です。不祥事があったのにシャンシャン総会で終わる方が不自然だと思いませんか？　私は監査役としての意見を申し述べるつもりです」

「しかし……」

「行内で不祥事があったんです。それに関して監査役が意見を言うのは当然のことです。謝罪すべきは謝罪し、反省すべきは反省する。その上で正々堂々と総会を進行する。それで時間がかかるのは仕方がない。従来のように冒頭でトップが頭を下げて見せればいいというものではありません。真相を究明し、その原因を突き止め、何をどう変えていくのか、その道筋を具体的に示すことこそが、本当の意味での謝罪です」

「ごもっともですが……、私には理想論にしか聞こえない」

白川は戸惑いを隠せない。

「確かに私の言ってることは理想かもしれません。ですが、理想は近づこうと努力しない限り、いつまでたっても実現しません。理想に近づくための努力、それが今、我々に求められていることです」

「わかりました。私もできるだけのことはしましょう」と白川は頷いた。

少しずつ変わり始めた。野崎はそんな実感を覚えた。

株主総会を翌日に控え、行内にピリピリとした空気が張り詰めた。相変わらずあおぞら銀行の周囲には街宣車がやってきて大きな音を出していた。近くの会社や飲食店から、多くの苦情が総務部にくる。菊山はあおぞらの立場を粘り強く説明し、周囲に理解を求めているようだった。

監査役室も、連日、決算資料のチェックや書類作りに追われた。美保や石橋、坂本も残業を重ねていた。

総会前日、ギリギリまで作業は続いた。

二十三時過ぎ、すべての準備が終わった。野崎は美保、石橋、坂本の三人に言った。

「いよいよ明日です。みんなよく頑張ってくれました。あとは運を天にまかせるだけです」

「監査役、丸の内ホテルに部屋をご用意しました。今日はそちらにお泊まり下さい」

美保が帰り支度をしながら言った。

「え？　みんなは？」

「僕たちはまだ終電があるので帰ります」と坂本。

「監査役は明日が本番なんですから、しっかり疲れを取ってもらわないと」と石橋も言う。

「でも、家に何も言ってないし……」

美保が見覚えのあるボストンバッグを出した。

「昼に奥様に連絡しました。お泊まりセット、さきほど持ってきてくれましたよ」

「え？　彩子が？」

野崎はバッグを受け取った。

「じゃ、明日も早いし、ありがたく泊まらせてもらいます」


野崎は丸の内ホテルにチェックインした。

しかし気持ちが高ぶって眠れそうもなかった。

「少し飲むか」

野崎は部屋を出て、最上階のラウンジバーへ向かった。

最上階のバーの窓際の席で、一人、ウィスキーのロックを傾けた。カウンターにはキャンドルが立てられていて、ゆらゆらと炎が揺れている。その向こうに見事な都会の夜景が広がっていた。

「いよいよだ」

そう思うと緊張感が増し、身震いがする。総会は大荒れ必至と思われた。どうなるかわからないが、あおぞら銀行の未来を占う総会になることは間違いなかった。

監査役になってから半年、実に濃密で慌ただしい時間だった、と野崎は思う。阿部や林など、銀行を去っていた者たちに思いを馳《は》せる。ウィスキーのアルコールが野崎の身体の興奮を沈めていく気がした。

「奇遇ですね」

　突然の声に振り向くと、京極が立っていた。

「これは頭取」

　野崎は驚き、スツールから立ち上がった。

「お一人ですか？」

「はい。……頭取もですか？」

「こんな時間まで煩わされたくないのでね。……よく一人で飲むんですか？」

「いえ。今日はすぐに眠れそうもなかったもので」

　京極は微笑んで言った。

「ご一緒してよろしいですか？」

「もちろんです」

　京極は野崎の隣の席に座った。

　バーテンダーが京極の前にブランデーグラスを置いた。京極はグラスに入った琥珀色《こはくいろ》の液体を、手の平で転がしてから傾けた。

「明日は大変な一日になりそうですね」

「はい」

「たとえ、日をまたぐことになっても構いません。思い切りやって下さい」

「ありがとうございます」

「これでも若い頃は、再建中の造船会社に出向して、組合争議で三日ほど缶詰めになったこともあります」

京極は懐かしむように微笑んだ。

「そんなことが……？」

「ええ。そういう時代でした。世の中はエネルギーに満ちていた。……私もまだまだ若い人たちには負けませんよ」

野崎は、京極にも若い頃があったのだと思った。京極も、さまざまな想いを背負って頭取になった。そんな当たり前のことに、野崎は改めて気が付いた。

「頭取」

「はい？」

「銀行のトップは、サラリーマンとして最高の地位です」

「そうかもしれません」

「この上、何を望むのですか？」

「人間の望みには際限がありません」

「欲望……、ということですか？」

「そう言ってもいいかもしれない。……あなたのようにその先を求めない人にはわからないかもしれませんね」

京極は味わうようにブランデーを口に含み、一つ大きく息をついた。

「欲望に終わりはありません。部長を目指し、部長になれば役員、平の取締役になれば、常務、専務、副頭取、頭取……。そして一旦、頭取になった者は、できるだけ自分の影響力を銀行に残したいと望むものです」

野崎は黙って聞いていた。グラスの中の氷がカラン、と音を立てた。

「銀行は私の物になった。自分の好きに動かしたいでしょう。これから十年、二十年と」

「銀行は頭取の私物ではありません」

「頭取にならないとわからないと思います」と京極はフフッと笑った。「あなたも一度、頭取になってごらんなさい」

野崎はウィスキーを呷った。そしてバーテンダーを呼び、同じものを頼んだ。

「以前にも聞きましたが……、どうして頭取は私を監査役にしたのですか？」

京極はブランデーをくゆらせながら考えているようだった。キャンドルの揺れる炎が京極の顔を照らしていた。

しばらくそうしてから、京極はおもむろに口を開いた。

「試してみたかったのかもしれません」

「試す？」

京極はフッと微笑んだ。

「私の先輩にある男がいましてね」

「はい」

「とても優秀で、正義感溢れる人物でした。私は彼に憧れ、彼のような行員になりたいと思っていました。私をとても可愛がってくれて、一緒によく酒を飲んで、あおぞらの未来を語り合ったものです」

京極の視線が窓の外の夜景に向けられた。

「彼はいつも言っていました。企業を助け、日本経済を発展させることが銀行の使命だと」

野崎は京極の表情を見ていた。若い頃を懐かしむ、柔和な表情だった。

「彼は派閥に入らず、しがらみを気にせず、自分が正しいと思うことに邁進していました。取引先の絶大な信頼を得ていましたが、ある時、上司の不正を告発しようとし、北海道の支店に飛ばされてしまいました」

野崎の胸の内にある想いが湧き上がる。鼓動が早くなった。

「私はその時、気が付いたのです。サラリーマンである以上、正しさは必要ない。出世しなければ意味はないのだ、と」

京極はそう言って野崎を見た。

「私は派閥に属し、上司の言うことを忠実に実行し、一歩ずつ出世した。……何年後か、北海道支社に出張する機会があり、その先輩に会いました。彼は出世こそしていませんでしたが、北海道支社で実績を積み、やはり多くの取引先に絶大な信頼を得ていました。私はかなわないと思いましたよ。私はいつか彼にあおぞらを引っ張って欲しいと思ったんです。……その彼はどうなったと思います？」

野崎は何も答えられなかった。ますます鼓動が早くなる。

「病気で死んでしまいました」

「それは……」

野崎は何かを言おうとしたが、どうしても言葉が出てこなかった。

「時々、思うんです。その彼が生きていたら、あおぞらはどうなっていただろうって……。私は頭取になれただろうか、って」

野崎はグラスを手で覆った。カラン、とグラスの中で氷の弾ける音がした。

「今、金融界は大きく変わろうとしている。あおぞらも今のままではなくなってしまうかもしれない。だから試してみたかったのかもしれません。彼のような男が、本当にあおぞらを変えることができるのか、どうか」

京極が野崎を見た。いつものような微笑みを湛えていた。

「少し酔いが回りました。今のことは忘れて下さい」

京極は席を立った。

「明日は楽しみましょう。新しいタイプの株主総会です。ワクワクしますね」

京極がバーを出て行った。

野崎はその後ろ姿を見て、「怖い人だ」と心底思った。

15

総会の朝、野崎はホテルのベッドで気持ちよく目覚めると、熱いシャワーを浴び、ルームサービスの朝食を摂りながら新聞を読んだ。一般紙の一面には、「株主総会集中日不祥事に揺れるあおぞら銀行の株主総会はどうなる？」という見出しが出ていた。

スーツに着替え、早めにホテルをチェックアウトした。

清々しいほど晴れ渡った空の下、野崎は皇居のお堀沿いの道を歩いてあおぞら銀行の本店へ向かった。

あおぞら銀行本店が近づくにつれ、スピーカーから流れる騒々しい音が聞こえ始めた。早くも街宣車が押し寄せているようだった。

野崎は正面を避け、裏に回った。裏の入り口の横には小さなコンビニがある。野崎はそこに立ち寄りコーヒーと水を購入した。

コンビニを出ようとした時、自動ドアの脇にしゃがんで菓子パンを一心不乱に頬張っている若者がいた。坊主頭で迷彩服を着ている。街宣車で乗り付けてきた右翼の若者のようだった。

「朝早くから大変だね」

野崎は若者に話しかけた。

「ああん？」

若者は反抗的な声を上げた。

「コーヒー、飲むかい？」

野崎は買ったばかりのコーヒーを差し出した。

「え？　ああ、悪《わり》いな」

若者は戸惑いながらも手を差し出した。

「そんなパン一個で持つのかい？」

「足りないけどよ、下っ端だからな。仕方ねーよ」

「あおぞら銀行の総会に来たのかい？」

「ああ」

「この銀行についてどう思う」

「腐ってるね」と若者は吐き捨てるように言った。「俺たちの税金を使って、自分たちはのうのうといい暮らしをしやがって。銀行は汚ねえ。許せねえよ」

その時、遠くから「山本！　さっさと来い！」という声がした。

若者は弾かれたように立ち上がり、「ウッス！」と大声で返事をした。

「コーヒー、あんがとよ。じゃ」

若者は声のした方へ駆けていった。

「素直そうな青年だったな」

野崎はその後ろ姿を見ながら呟いた。


監査役室には、美保、石橋、坂本が揃っていた。

「ご苦労さまです。どうですか？　状況は」

「現在、本店の周囲に街宣車約二十台が来ています。今後も台数が増えると思います」

と坂本。「総務部からの連絡によると、総会屋の出席予定者はおよそ百名。現在、関東で活動している主な総会屋のほぼ半数があおぞらの総会に出席するようです」

「それはかなり深刻な状況ですね」

「野崎監査役、大丈夫ですか？」

石橋が心配そうに言った。

「わかりません。しかしやるしかありません」


総会の行われる大ホールへ向かう廊下を役員たちが歩いていく。京極、武田と役員が続き、一番最後に野崎。大ホールのステージ袖から照明が差し込んでいた。

その中に次々と役員が出て行く。

野崎も眩《まぶ》しいステージへ躍り出た。

ライトが野崎を照らす。

客席の光景を見た野崎は目を疑った。

強面の男たちが客席を占拠していた。

「コラ！　ヤクザと癒着すんじゃねえ！」

「頭取は責任を取れ！」

「国賊あおぞら！」

「退陣じゃあ！」

早くもありとあらゆる罵詈雑言が飛び交っていた。

客席係の総務部と広報部の行員たちが「お静かに願います！」と必死になだめるが、まったく静まる気配はなかった。

騒然とした中、役員一同が席に着く。

野崎も一番端の席に座った。

演台に京極が進み出る。その間も「疑惑に答えろ！」「経営陣は総辞職しろ！」「責任を取れ！　責任を！」と罵声が浴びせられ続ける。冒頭から、株主総会は異様な雰囲気に包まれていた。

「あおぞら銀行頭取の京極雅彦《まさひこ》でございます。定款第九条に従い、私が議長を務めさせていただきます」

京極の落ち着いた声が会場に響く。しかし、罵声は静まる気配がない。

「それではただいまより株式会社あおぞら銀行第八十五回定例株主総会を開催いたしま

す。まずは……」

京極の言葉をきっかけに、役員全員が起立をした。

「先の東銀座支店を巡る不祥事に関しまして、役員一同、深くお詫び申し上げます」

役員が一斉に頭を下げた。「許されると思うな！」「退陣しろ！」「襟を正せ！」という罵声とともにペットボトルや空き缶まで飛んできた。あまりの状況に警備員がステージ上に出てきた。どうなってしまうのか、野崎には全く予想がつかなかった。

その時、「じゃかましい！」という声が響いた。

一人の男が会場のマイクを握っていた。背の低い男だったが、底知れない迫力を湛えていた。

「お前ら、静かにせんかい！　質疑応答ならあとでいくらでもすりゃあええ！」

男は客席に向かってそう言うと、再びドカッと席に座った。男の一喝で会場は静まった。

「松崎源陽《まつざきげんよう》だ」と野崎の隣の楠木が独り言のように呟いた。「海藤の後見人だ」

野崎も松崎源陽という名前は聞いたことがある。関西を専門にしている大物総会屋だった。そんな人物までも、あおぞらの株主総会に来ているのだ。野崎は改めて戦慄を覚えた。

「それでは、詳細は監査報告にてお願いいたします」と京極がやっと議事を進めた。

楠木が立ち上がる。その足が震えていることに野崎は気付いた。

「えー……、私たち監査役は、八十五期の取締役職務の監査を行ってきました。先の東銀座支店の不正融資事件に絡み、元東銀座支店長が逮捕されました。この関係では東銀座支店に東京地検の家宅捜査が入りました。世間をお騒がせしたことは非常に遺憾と存じます」

楠木の声は、今にも消え入りそうなくらい弱々しかった。

「今後は監査の方法を再検討し、かかる事態のなきよう全力を尽くす所存であります。八十五期の取締役の職務執行に関しては、特に不正の行為、または法令もしくは定款に違反するような重大な事実は認められません」

「ふざけるな！」

「矛盾しとるやろ！」

「ヤクザとつるんでいたのはもっと上だろう！」

「役員退陣！」

聴衆から罵声が飛んできた。

「なお、今回の不祥事に関しまして、野崎監査役から付随意見があるということですので、質疑応答の前に時間を頂戴したいと存じます」と京極は野崎を見た。

聴衆からざわめきが起きた。監査役の付随意見など、これまではなかったからだ。

「総会は始まったばかりです。時間はたっぷりあります。特に監査役自ら意見を表明したいようなので、議長もじっくりと聞きたいと思っております」

野崎の視線が京極の視線とぶつかる。「望むところだ」と心の中で呟く。

「この内容はあくまでも付随意見でございまして、監査役意見は先に楠木監査役が報告した監査報告書どおりでございます。では、野崎監査役、どうぞ」

野崎は立ち上がった。そしてゆっくりと聴衆を見回した。

「監査役、野崎修平です」

聴衆の視線が野崎に集まるのを感じた。

「なにぶん、不確かな部分もありますので、今回は付随意見という形で発表させていただきます。今回の不祥事に関しましては、断腸の思いです。監査報告書では、『取締役の法令違反や不正行為は認められなかった』と申し上げました。しかし、これは決して取締役が無罪潔白であったという意味ではありません」

会場は静まり返った。意外な展開に固唾を飲んで見守っているのがわかる。

「私自身は、今回の不祥事には、深く当行役員が関わっていた恐れがあると思っています」

会場からどよめきが起こった。それが一気に広がっていく。株主総会でいきなり役員が不正に関わったことを認める発言をしたのだ。前代未聞の発言だった。

聴衆のどよめきが全体に広がっていく。記者たちが「監査役の爆弾発言だ！」「夕刊トップを差し替えろ！」と口々に言いながら出口に殺到していった。

どよめきはすぐに怒号に変わった。「自ら犯罪を認めるんだな！」「即刻退陣じゃ！」

と罵声が飛び、議案や空き缶、ペットボトルなどが次々に投げつけられた。

「残念ながら、以上のことはいずれも推察の域を出るものではございません。また司法当局も現時点でその立件に意欲的とは思えません！」

野崎は必死に言った。しかし、怒号はますます激しくなっていく。

聴衆から「何のための意見だ！　コラァ！」と声が上がった。

「これは私の……、監査役としての決意表明です。私はどのようなことがあろうとも、銀行本体を揺るがす巨悪を見逃すことはありません！　株主のみなさまには、ぜひ、これからも厳しく、そして温かく応援していただきたいと存じます！」

野崎は必死に聴衆に訴えかけた。

「私たちが株主のみなさまと会えるのは年に一回、この株主総会の機会だけです。わかった範囲で情報を提供すべく、今回の付随意見となりました。今後ともあおぞらへの理解とご協力をお願い申し上げます！」

野崎は頭を下げた。

聴衆から「ふざけるな！」「道化はすっこんでろ！」「役員退陣！」「関わった張本人を言え！」という声とともに次々と物が投げつけられた。

「席について下さい。物を投げないで下さい」

会場係の菊山がマイクで必死に叫ぶが収まる気配はない。警備員が会場に入ってくるのが見えた。その瞬間、野崎は頭部に鈍い痛みを感じた。投げられた栄養ドリンクの瓶が野崎の額に命中したのだ。野崎の額から血が流れた。

興奮した一部の聴衆がステージに上がろうとして、それを警備員が必死に止める。会場は収拾がつかない大混乱となってしまった。

その時、怒声が会場に響いた。

「静かにしろ！」

武田だった。

一瞬で聴衆が静まる。

「あおぞらは暴力や脅しには屈しない！　俺もこいつもだ！」と武田は野崎を指した。

「お前らのような連中は恐れるに足らん！」

武田は野崎に「続けろ」と言った。

野崎は静まった聴衆へ向けて語った。

「私は自分の信念に基づいて話しています。今までの株主総会は一分でも早く終われぱいい、そう思われてきました。だが、私が監査役である以上、変えていきます。私は自分がした業務に関して株主のみなさまに報告する義務があります。わかっている範囲で情報開示をすべきだという思いからです。場合によっては、それで当行が窮地に陥るかもしれません。それは役員として矛盾していることかもしれない。しかし、それで会社が潰れるようであれば、その時はその会社の存在意義がなかったということです」

野崎の発言を、聴衆は黙って聞いていた。

「えー……、では質疑応答に入りたいと思います」と京極が言った。「野崎監査役は、手が上がらなくなるまで、みなさんのご質問に答える所存です」

聴衆から「よーし、とことんやってやろうじゃないか」と声が聞こえ、次々に手が上がった。

野崎は質問一つ一つに答え続けた。同じ質問が何度も繰り返された。それでも野崎は答え続けた。

質疑応答が始まって八時間が過ぎた。野崎の体力も限界だった。

総会で議事を進行できるのは議長の京極だけだ。京極が打ち切らない限り、質疑応答は終わらない。しかし、京極は質問を打ち切ろうとしなかった。

「その件に関しましては、もうすでに何度も回答しておりますように……」

野崎は倒れそうになりながら京極を見た。京極はいつもと変わらぬ表情で座っている。動く気配はなかった。

その時、再び松崎がマイクを握った。

「なんじゃいッ！　この株主総会は！」

松崎は声を荒らげた。

京極が微かに身を乗り出したのを、野崎は見逃さなかった。

「俺も今までいろんな総会に出たがよ、こんな無茶苦茶な総会は初めてや」

松崎は野崎をじっと見た。

「わし、東都の海藤から爆弾を預かっとってなァ。これで株主訴訟を起こしたら、あんた、受けてくれるかのぅ」

松崎は野崎に向かって言った。

「受けて立ちましょう」

野崎は返した。役員たちが一斉に野崎を見たのがわかった。

「ほう。己の身内を訴える勇気があるゆーんやな」

「あります」

野崎の言葉に会場に静かなどよめきが起こった。

「その爆弾とは、何ですか？」

野崎が男に問いかけた時、京極がスッと立ち上がった。

「時間もだいぶ経過しました。この辺で質疑応答を打ち切りたいと思います」

会場に何とも言えない空気が流れた。

「野崎監査役が本日言及されたことは、後日、責任を持って発表いたします。それがいつ、いかなる方法になるかはわかりませんが……。そうですね、野崎監査役」

京極の鋭い視線が野崎に向けられた。

「はい」と野崎は頷いた。

「付随意見とはいえ、役員の中で不祥事に関係する者がいるという発言は、当行の頭取としても見過ごすわけにはまいりません。野崎監査役の報告次第では、その責任の所在も追及していく次第です」

京極は大きく息をつき、そして宣言した。

「これをもちまして、あおぞら銀行第八十五回定例株主総会を閉会いたします」

実に十時間近くに及ぶ総会が終了した。


「野崎君、何ということをしてくれたのかね！」

「監査役があんなことを対外的に言うとは前代未聞だ！」

「責任をとりたまえ！」

控室でぐったりと座り込む野崎を、他の役員たちが責め立てた。

「明日、新聞に何と書かれると思う！」

「マラソン総会十時間……、これは株価への影響も免れんぞ」

「これは君の失態だ！」

ドン！　と、武田がテーブルに足を乗せた。

「ゴチャゴチャうるせえよ！　コイツは監査役としての使命を果たした。お前らの中に、こいつほどあおぞらのために腹を括《くく》ったヤツがいるのかよ!?」

武田の言葉に役員たちは静まり返る。

「野崎は逃げなかった。真正面からぶつかって、叩かれることを恐れずに、疑惑のある役員がいるということを示唆した。俺だって東銀座の再開発が一支店だけで描いた絵とは思ってねえ。バックに誰かがいるはずだ」

武田は京極を見た。

役員たちが一斉に京極を見る。

京極はおしぼりで顔をゴシゴシと拭いていた。

「総会が紛糾したのは、総会屋のせいで野崎のせいじゃない。あとはマスコミがどう評価するかだ。俺はこの総会はこれでよかったと思ってるぜ」

武田は立ち上がり、野崎の肩をポンと叩き、控室を出て行った。

顔を拭いた京極は眼鏡をかけ、野崎を見た。

「私も、あれでよかったと思います。あおぞらの新しい歴史の一ページです。野崎君は自分の信念でやったんです。私は評価したいですね」

京極が立ち上がった。

「みなさん、ご苦労様でした」


外に出ると、初夏を感じさせる風が吹いていた。

野崎は一日ぶりのわが家へ向かった。

自分のやったことは本当に正しかったのだろうか。混乱させ、あおぞらをさらなる窮地に追い込んだだけで、何も解決できなかったのではないだろうか。ただの自己満足だったのではないだろうか。そんな思いが胸の中を駆け巡る。

「よう、おっさん」

声をかけられて振り向くと、朝、コンビニの前で菓子パンを齧《かじ》っていた若者が立っていた。

戸惑う野崎に若者は言った。

「あんた、カッコよかったぜ。なんか銀行も変わるかもしれないって思ったよ。……それからコーヒー、ありがとな」

若者はそれだけ言うと、街宣車へ向かって走っていった。

野崎は嬉しかった。少しでも自分の思いを受け取ってくれた人がいたのだ。

その時、携帯電話が鳴った。

「総会、お疲れさまでした。何時頃お帰りになられます？」

彩子からだった。

「今、銀行を出たところだよ。そうだな……。あと三十分くらいかな」

「わかりました。食事の準備、しておきますね」

「助かる。腹ペコなんだ」

「今日はあなたの好きなすき焼きですよ。枝理花と一緒に待っています」

「ありがとう」

野崎は電話を切った。

「よし、家に帰ろう」

夜空を見てそう思い、野崎は夏の匂いのする夜道を再び歩き出した。

本書は、集英社文庫のために書き下ろされた作品です。

この作品は、フィクションであり、実在の個人・団体・事件などとは、一切関係ありません。

集英社文庫　目録（日本文学）

村山由佳　遠い背中　おいしいコーヒーのいれ方Ⅵ
村山由佳　夜明けまで1《ワン》マイル　somebody loves you
村山由佳　坂の途中　おいしいコーヒーのいれ方Ⅶ
村山由佳　優しい秘密　おいしいコーヒーのいれ方Ⅷ
村山由佳　聞きたい言葉　おいしいコーヒーのいれ方Ⅸ
村山由佳　天使の梯子
村山由佳　夢のあとさき　おいしいコーヒーのいれ方Ⅹ
村山由佳　ヘヴンリー・ブルー
村山由佳　蜂蜜色の瞳　おいしいコーヒーのいれ方 Second Season Ⅰ
村山由佳　明日の約束　おいしいコーヒーのいれ方 Second Season Ⅱ
村山由佳　約束　―村山由佳の絵のない絵本―
村山由佳　消せない告白　おいしいコーヒーのいれ方 Second Season Ⅲ
村山由佳　凍える月　おいしいコーヒーのいれ方 Second Season Ⅳ
村山由佳　雲の果て　おいしいコーヒーのいれ方 Second Season Ⅴ
村山由佳　彼方の声　おいしいコーヒーのいれ方 Second Season Ⅵ
村山由佳　遥かなる水の音

村山由佳　記憶の海　おいしいコーヒーのいれ方 Second Season Ⅶ
村山由佳　地図のない旅　おいしいコーヒーのいれ方 Second Season Ⅷ
村山由佳　放蕩記
村山由佳　天使の柩
群ようこ　トラちゃん
群ようこ　姉の結婚
群ようこ　でも女
群ようこ　トラブルクッキング
群ようこ　働く女
群ようこ　きもの365日
群ようこ　小美代姐《こみよねえ》さん花乱万丈《からんばんじょう》
群ようこ　ひとりの女
群ようこ　小美代姐さん愛縁奇縁
群ようこ　小福歳時記
群ようこ　母のはなし
群ようこ　衣もろもろ

室井佑月　血《あか》い花《はな》
室井佑月　作家の花道
室井佑月　ああ～ん、あんあん
室井佑月　ドラゴンフライ
室井佑月　ラブ ゴーゴー
室井佑月　ラブ ファイアー
タカコ・半沢・メロジー　もっとトマトで美食同源！
毛利志生子　風の王国
茂木健一郎　ピンチに勝てる脳
百舌涼一　生協のルイーダさん　あるバイトの物語
望月諒子　神の手
望月諒子　腐葉土
望月諒子　田崎教授の死を巡る　桜子准教授の考察
望月諒子　鱈目《たらめ》講師の恋と呪殺。　桜子准教授の考察
森絵都　永遠の出口
森絵都　ショート・トリップ

集英社文庫　目録（日本文学）

森　絵　都　屋久島ジュウソウ
森　鷗　外　舞　　　姫
森　鷗　外　高　瀬　舟
森　達　也　A3《エースリー》(上)(下)
森　博　嗣　墜ちていく僕たち
森　博　嗣　工作少年の日々
森　博　嗣　ゾラ・一撃・さようなら Zola with a Blow and Goodbye
森　博　嗣　暗闇・キッス・それだけで Only the Darkness or Her Kiss
森まゆみ　寺　暮　ら　し
森まゆみ　その日暮らし
森まゆみ　旅　暮　ら　し
森まゆみ　貧楽暮らし
森まゆみ　女三人のシベリア鉄道
森まゆみ　いで湯暮らし
森まゆみ　『青　鞜』の冒険　女が集まって雑誌をつくるということ
森　瑤　子　情　　　事
森　瑤　子　嫉　　　妬
森見登美彦　宵山万華鏡
森村誠一　壁　の　目　新・文学賞殺人事件
森村誠一　終　着　駅
森村誠一　腐　蝕　花　壇
森村誠一　山　の　屍
森村誠一　砂　の　碑　銘
森村誠一　悪しき星座
森村誠一　黒い神《み》座《くら》
森村誠一　ガラスの恋人
森村誠一　社《しゃ》　　　奴《ど》
森村誠一　勇者の証明
森村誠一　復　讐　の　花　期　君に白い羽根を返せ
森村誠一　凍土の狩人
諸田玲子　月　を　吐　く
諸田玲子　髭　　麻　　呂　王朝捕物控え
諸田玲子　恋　　　　　縫
諸田玲子　おんな泉岳寺
諸田玲子　狸穴《まみあな》あいあい坂
諸田玲子　炎天の雪(上)(下)
諸田玲子　恋　か　た　み　狸穴あいあい坂
諸田玲子　四十八人目の忠臣
諸田玲子　心　が　わ　り　狸穴あいあい坂
八木原一恵・編訳　封神演義　前編
八木原一恵・編訳　封神演義　後編
矢口敦子　祈りの朝
矢口敦子　最後の手紙
矢口史靖　小説　ロボジー
薬　丸　岳　友　　　罪
八坂裕子　幸運の99%は話し方できまる!
安田依央　たぶらかし
安田依央　終活ファッションショー

集英社文庫　目録（日本文学）

柳澤桂子　愛をこめ いのち見つめて
柳澤桂子　生命《いのち》の不思議
柳澤桂子　ヒトゲノムとあなた
柳澤桂子　すべてのいのちが愛《いと》おしい 生命科学者から孫へのメッセージ
柳澤桂子　永遠のなかに生きる
柳田国男　遠野物語
矢野隆　蛇衆
矢野隆　慶長風雲録
矢野隆　斗《とう》棋《ぎ》
山内マリコ　パリ行ったことないの
山川方夫　夏の葬列
山川方夫　安南の王子
山口百恵　蒼い時
山崎ナオコーラ　「ジューシー」ってなんですか？
山田詠美　メイク・ミー・シック
山田詠美　熱帯安楽椅子

山田詠美　色彩の息子
山田詠美　ラビット病
山田かまち　17歳のポケット
山中伸弥 畑中正一　ひろがる人類の夢 iPS細胞ができた！
山前譲・編　文豪の探偵小説
山前譲・編　文豪のミステリー小説
山本一力　銭売り賽《さい》蔵《ぞう》
山本一力　戌《いぬ》亥《い》の追《お》い風《て》
山本兼一　雷神の筒
山本兼一　ジパング島発見記
山本兼一　命もいらず名もいらず(上)幕末篇
山本兼一　命もいらず名もいらず(下)明治篇
山本兼一　修羅走る関ヶ原
山本文緒　あなたには帰る家がある
山本文緒　ぼくのパジャマでおやすみ
山本文緒　おひさまのブランケット

山本文緒　シュガーレス・ラヴ
山本文緒　まぶしくて見えない
山本文緒　落花流水
山本幸久　笑う招き猫
山本幸久　はなうた日和
山本幸久　男は敵、女はもっと敵
山本幸久　美晴さんランナウェイ
山本幸久　床屋さんへちょっと
山本幸久　GO！GO！アリゲーターズ
唯川恵　さよならをするために
唯川恵　彼女は恋を我慢できない
唯川恵　OL10年やりました
唯川恵　シフォンの風
唯川恵　キスよりもせつなく
唯川恵　ロンリー・コンプレックス
唯川恵　彼の隣りの席

集英社文庫　目録（日本文学）

唯川恵　ただそれだけの片想い
唯川恵　孤独で優しい夜
唯川恵　恋人はいつも不在
唯川恵　あなたへの日々
唯川恵　シングル・ブルー
唯川恵　愛しても届かない
唯川恵　イブの憂鬱
唯川恵　めまい
唯川恵　病む月
唯川恵　明日はじめる恋のために
唯川恵　海色の午後
唯川恵　肩ごしの恋人
唯川恵　ベター・ハーフ
唯川恵　今夜 誰のとなりで眠る
唯川恵　愛には少し足りない
唯川恵　彼女の嫌いな彼女

唯川恵　愛に似たもの
唯川恵　瑠璃でもなく、玻璃でもなく
唯川恵　今夜は心だけ抱いて
唯川恵　天に堕ちる
唯川恵　手のひらの砂漠
湯川豊　須賀敦子を読む
行成薫　名も無き世界のエンドロール
夢枕獏　神々の山嶺《いただき》(上)(下)
夢枕獏　黒塚 KUROZUKA
夢枕獏　ものいふ髑髏《どくろ》
養老静江　ひとりでは生きられない ある女医の95年
横幕智裕　監査役 野崎修平　周良貨／能田茂・原作
横森理香　凍った蜜の月
横森理香　30歳からハッピーに生きるコツ
横山秀夫　第三の時効
吉川トリコ　しゃぼん

吉川トリコ　夢見るころはすぎない
吉木伸子　スーパースキンケア術 あなたの肌はまだまだキレイになる
吉沢久子　老いをたのしんで生きる方法
吉沢久子　老いのさわやかひとり暮らし
吉沢久子　花の家事ごよみ 四季を楽しむ暮らし方
吉沢久子　老いの達人幸せ歳時記
吉田修一　初恋温泉
吉田修一　あの空の下で
吉田修一　空の冒険
吉永小百合　夢の続き
吉村達也　やさしく殺して
吉村達也　別れてください
吉村達也　セカンド・ワイフ
吉村達也　禁じられた遊び
吉村達也　私の遠藤くん
吉村達也　家族会議

集英社文庫　目録（日本文学）

吉村達也　可愛いベイビー
吉村達也　危険なふたり
吉村達也　ディープ・ブルー
吉村達也　生きてるうちに、さよならを
吉村達也　鬼の棲む家
吉村達也　怪物が覗く窓
吉村達也　悪魔が囁く教会
吉村達也　卑弥呼の赤い罠
吉村達也　飛鳥の怨霊の首
吉村達也　陰陽師暗殺
吉村達也　十三匹の蟹
吉村達也　それは経費で落とそう
吉村龍一　旅のおわりは
吉村龍一　真夏のバディ
よしもとばなな　鳥たち
吉行あぐり　吉行和子　あぐり白寿の旅

吉行淳之介　子供の領分
米澤穂信　追想五断章
米原万里　オリガ・モリソヴナの反語法
米山公啓　医者の上にも3年
米山公啓　命の値段が決まる時
隆慶一郎　一夢庵風流記
隆慶一郎　かぶいて候
連城三紀彦　美女
連城三紀彦　隠れ菊(上)(下)
わかぎゑふ　秘密の花園
わかぎゑふ　ばかちらし
わかぎゑふ　大阪の神々
わかぎゑふ　花咲くばか娘
わかぎゑふ　大阪弁の秘密
わかぎゑふ　大阪人の掟
わかぎゑふ　大阪人、地球に迷う

わかぎゑふ　正しい大阪人の作り方
若桑みどり　クアトロ・ラガッツィ(上)(下)　天正少年使節と世界帝国
若竹七海　サンタクロースのせいにしよう
若竹七海　スクランブル
和久峻三　あんみつ検事の捜査ファイル　夢の浮橋殺人事件
和久峻三　あんみつ検事の捜査ファイル　女検事の涙は乾く
和田秀樹　痛快！心理学　入門編　―なぜ僕らの心は壊れてしまうのか
和田秀樹　痛快！心理学　実践編　―どうしたら私たちはハッピーになれるのか
渡辺淳一　白き狩人
渡辺淳一　麗《うるわ》しき白骨
渡辺淳一　遠き落日(上)(下)
渡辺淳一　わたしの女神たち
渡辺淳一　新釈・からだ事典
渡辺淳一　シネマティク恋愛論
渡辺淳一　夜に忍びこむもの
渡辺淳一　これを食べなきゃ

集英社文庫　目録（日本文学）

集英社文庫

監査役《かんさやく》　野崎修平《のざきしゅうへい》

2018年1月25日　第1刷
2018年2月12日　第2刷

定価はカバーに表示してあります。

著　者　横幕智裕《よこまくともひろ》

原　作　周《しゅう》　良貨《りょうか》
能田《のだ》　茂《しげる》

発行者　村田登志江

発行所　株式会社　集英社
東京都千代田区一ツ橋2-5-10　〒101-8050
電話　【編集部】03-3230-6095
【読者係】03-3230-6080
【販売部】03-3230-6393（書店専用）

印　刷　凸版印刷株式会社

製　本　凸版印刷株式会社

フォーマットデザイン　アリヤマデザインストア　　マークデザイン　居山浩二

ISBN978-4-08-745696-7 C0193